TO

１８禁日記

二宮敦人

TO文庫

目次

18禁日記

私は毎日日記をつけることにしている。

日記は意外に面白い。

つけること自体が、その日考えたことの整理になる。それに、書きためたものを読み返すのも楽しい。

どうしてあのころはこんなことを考えていたのだろう、このころはあれで頭がいっぱいだったな……など、色々と思い起こすことができる。

どうせ読むのは自分くらいなのだから、何でも自由に書けるのもいいところだ。人には決して言えないこと、恥ずかしいこと、自分しか理解できないこと……それらを書き、読み返すのもまた楽しい。

たまに、自分でもびっくりするような一面が日記に現れることだってある。

人の日記を読むのも好きだ。なかなか読めないけれど。

普段誰かと交流していたとしても、相手を完全に理解しているわけではない。そんな時、その人の日記を読むと、驚くほど生々しい本性を知ることができる。

一見普通の人なのに、こんなことを考えているのか、こんな内面があるのか……など、興味はつきない。

だから今日も私は日記をつけるし、誰かの日記を読む。

Sの日記

三月十八日

今日から日記をつけることにしました。
誰にも見せる予定はありません。
読み返すこともないと思います。
だから好きなことを、好きなように書いていこうと思います。
継続は力なり。まずは続けることから。
桜の開花宣言が出たようです。死にたくなる季節ですね。

三月十九日

日記をつけ始めて二日目。続けるのは思ったよりも簡単そうです。手近なところに置いておいて、書くのを習慣にしてしまえば良いのです。

量も短めにしておけば簡単。

とはいえ、私は普通の人よりも、書くのにひどく時間がかかりますが。

今日は薬局に行きました。大学通りの桜が綺麗です。

薬局を見つけるのに交差点で三十八回、通りで十七回、薬を探すのに百四十七回首を回しました。ぶつかった回数は四十二回です。

人にぶつかったのはたったの二回ですよ。

残りは木と、電信柱と、壁です。

三月二十日

人の顔全体を視界におさめることが難しくなってきました。

顔の小さい人なら大丈夫ですけれども。

お医者さんの話では、よくもった方だけど、あと一年くらいで失明するだろうとのことです。そんなことを言われても、どうしたらいいのか。

昔はどれくらいの視界があったのだろう。よく思い出せません。

眼病と診断されたのは幼稚園生の頃だったでしょうか。それから十八年、ゆっくりゆっくりと視界が狭まってきています。人に言うと驚かれますが、私自身は慣れてうしまい、こういうものだと受け入れています。
そんなに悲観するほど辛くもありませんから。

三月二十一日

鏡を見てみましたが、自分の顔が一度に全部見えません。目、鼻、口とばらばらにしか見えません。少し鏡から離れれば見えますが。鏡台を少し遠くにやった方がいいですね。
買ってきた睡眠薬の瓶をぼんやりと眺めます。
貯金が切れる前には、飲んだ方がいいのでしょうね。

三月二十二日

いざ飲もうとすると飲めないものですね。どうせ今すぐ死ぬ必要もありませんし、もう少し待つことにしましょう。どうせ死ぬのは、いつでも死ねます。

三月二十三日

何となく、身辺の整理をしてしまいます。自殺する前って、そういうことをすると言いますね。

でも後で迷惑かけるのは悪い気がするのだから、仕方ありません。

古い写真が出てきました。と言っても二年前ですが。彼氏と一緒に山に行った時のものです。懐かしくてしばらく眺めていました。

彼氏は今は新しい彼女と仲良くできているでしょうか。結婚して、家族を作ったりするのでしょうか。ちょっとだけ寂しい気もします。

ま、私が振ったんですけれど。

三月二十四日

外を出歩くのがかなり不自由になってきました。家の中ならば、物の位置を体で覚えているので、見えなくても結構何とかなるのですが。外はそういきませんね。建物の配置くらいなら何度も歩くうちに覚えるのですが、車や人の流れは毎回違うので、どうしても混乱します。

今日は大量に食料品を買ってきました。

これが外出して買う、最後の食料品になるんですね。

三月二十五日

あちこちに体をぶつけたせいか、色んなところが痛いです。

頑張りすぎたかもしれません。

どこか腫れたり、怪我してるのかもしれませんが、確認するのは難しいし、面倒くさいです。どうせ死ぬのだからどうでもいい。我慢する方が楽です。

今後は家から一歩も出ずに暮らし、適当なところで睡眠薬を飲むつもりです。なので今日はその準備。

洗濯をしたり、掃除をしたり、布団を敷いたりしました。

ま、頑張った甲斐あって過ごしやすい感じになったと思います。

三月二十六日

小腹がすいたので買っておいたソーセージを探して食べます。視界が異常に狭いので探すのも大変ですね。小さな穴を覗くようにしか、見えません。

しかし人間は、そんな視界であっても目に頼ってしまうものですね。完全に見えなくなったら、耳などを頼りにするのかもしれませんが。今の私は、やっぱり目を頼りにしています。

ソーセージは少し硬かったですが、ジューシーでした。


体中が痛い。

三月二十七日

何だか見える範囲が狭いと、体がばらばらになったような気がします。

自分の体と、私自身が繋がっていないような気分です。

視界に入る肌色のものは、本当に私なんでしょうか。というかそれが手なのか足なのかすら、よく見えないのでわかりません。

体のあちこちが痛い。

なんか痛いのも慣れてきて、どうでも良くなってきました。

またソーセージ食べました。硬い。何か芯みたいなのが入ってます。

三月二十八日

運動不足かもしれませんね。

左手がしびれるような感じで、感覚がありません。

文字書くのも面倒です。

三月二十九日

ペンが持ちにくいです。

三月三十日

このソーセージ半生ですかね？
やけに噛みきりづらいです。
ごちそうさま。

あ、指か。

Nの告白

君へ。

いきなりこんなものを読ませてしまって本当にすまない。

君は混乱しているかもしれないね。だからここに、せめて手紙を残しておこうと思ったんだ。

君が誰か、僕は知らない。

おそらくは僕の友人か、家族か、先輩か後輩かだと思うが……ひょっとしたら、大家さんかもしれない。とにかく今まで大変お世話になった。どうもありがとう。感謝している。

君の目から見て、僕はどんな奴だった？　自分で言うのもなんだが、すごく真面目な人間に見えていたのではないだろうか。

でも僕は実は、とても悪い奴なんだ。ちょっとそれについて説明したい。僕はこれまで、たくさんの罪を重ねてきた。盗みにはじまり、器物損壊、それから殺人もね。

記憶に残っている中で、最初の盗みは何の変哲もないシャープペンシルだった。小学校に上がる前くらいだっただろう。よく遊びに行く公園にはグラウンドが併設されていて、小学生の野球チームが練習をしていた。子供たちがキャッチボールをするさまを、何人かの大人たちが見ていた。そのうちの一人は、ノートとシャープペンシルを持っていた。

シャープペンシルはよくある市販品だった。透き通ったフレーム、緑のペン先。夏の日差しを受けてキラキラと光っていたのを覚えている。筆記用具と言えば鉛筆、それからクレヨンくらいしか知らなかった僕にとっては、大人だけが使用を許される、何か特別な物品に見えた。

大人は指導をするためだろう、ベンチにノートとシャープペンシルを置いてグラウンドに歩み出た。みんなボールや、チームメイトや、大人たちに視線を向けていて、僕を見ている者はいなかった。

僕はシャープペンシルを盗ろうと思った。

人の物を盗むのは、悪いこと。それは知っていた。しかし、不思議なことに僕の中には良心の呵責はほとんどなかった。僕が考えていたのは、その罪が発覚するか、しないか。それだけだった。発覚しなければ罪ではない。そんな気持ちが強かった。

僕のような小さな子供が、野球の練習を眺めていたって何の不思議もない。すぐ横にある公園では、他にも子供が大勢遊んでいる。誰も僕を警戒などしない。あとは自信をもって盗むだけだ。おっかなびっくり盗もうとしていたら、逆に目立つ。平然とベンチまで歩き、まるで自分の物を拾い上げるかのようにそのシャーペンを取る。そのままリズムを変えることなくゆっくりとその場を離れる。

僕はそれを盗んだ。

子供の手にとって大きなシャープペンシルは、僕の掌に硬い感触を与えている。僕は戦利品を見ることなく、指だけを動かしてズボンのポケットに入れた。四角いポケットの対角線上に、シャープペンシルが入り込んだ。

僕はベンチから離れた噴水に座り込んだ。あまり慌てて逃げ出したくないという気持ちがあった。腰のあたりに当たるシャープペンシルを感じながら、僕は野球の練習を見ていた。

初めて盗んだというのに、初めて悪いことを自覚的に行ったというのに……僕はちっとも緊張していなかった。緊張したらばれると思って抑えていたのか、それとも本当に緊張しなかったのか……どちらなのかはよくわからない。

しばらくすると大人がベンチに戻ってきて、ノートを開いた。そしてあたりをきょろきょろと見回している。書くものがない。地面に落としたのではないかと下を見回し、首を傾げていた。やがて、子供の一人が大人に話しかけた。大人はそれに対応し、再びベンチを離れた。

僕はその一部始終を眺めたあと、ゆっくりと立ち上がり、家に帰った。

僕はそのシャープペンシルでメモ帳に字を書いてみた。鉛筆とはまた違った書きごこちだったが、どうということもなかった。あんなに輝いて見えた透明のフレームも、良く見ると砂で汚れ、傷がついていた。失望したのを覚えている。これはつまらないものだ。僕はシャープペンシルを窓から投げ捨てた。

何の感慨もなかった。

僕の家は比較的裕福だった。望むものは両親が与えてくれる。食べ物も、玩具も、勉強道具も、本も、何もかも。何かが足りないと感じたことなどない。おそらくあのシャープペンシルでさえ、欲しいと言えば買い与えられたのだろう。

しかし、僕は盗んだ。

小学校に上がると、他人の物品と触れ合う時間が増える。僕は盗んだ。友達が見せびらかしていた玩具だとか、先生が使っていた万年筆だとか、そういったものを盗み続けた。それらは僕の手に入る前には魅力的な輝きを放っているのだが、盗んだ瞬間に色あせてしまうのが常だった。僕は盗んだ後、それが大したものではないことに気が付くと、捨てた。場合によってはこっそり持ち主の机の中などに戻した。

盗むのは簡単だった。ほとんどの人間は隙だらけで、盗まれることなんて想像もしていないように思えた。さらに、日常的な動作に盗む動作を紛れ込ませることで、気づかれにくくすることも覚えた。例えば自分のランドセルをいじるようなしぐさで、他人のランドセルを探ると、あっさりと盗める。ほとんどの人間が、僕が他人のランドセルに触れていることに気づかない。その持ち主であれば気づく可能性があるが、持ち主の不在時、もしくはこちらを見てない時を狙えば問題はない。

僕は自身が普段どんな行動をしているかをよく観察するようになった。普段と変わらない動作で盗む術を研究し続けた。それは、盗むという行為を、まるで呼吸のような、ごく日常的な行為へと変質させるのに役立っていたのかもしれない。

中学に入った頃には、僕は全く欲しいと感じないものですら盗むようになった。

飲食店のコップや箸置き、他人の部屋にあった置物、コンビニのどうでもいいお菓子、スーパーの野菜。必要ないのに、欲しいと思わないのに、盗めるから盗む。何をやっているんだろうと、よく考えた。

盗んだものは捨てたり、友達にあげたり、他人の鞄の中にこっそり入れたりしていた。そのころから、何となく自分はなぜ盗むのかがわかってきた。

僕は何かを手に入れたいから盗むんじゃない。

盗むという行為自体が、したいんだ。

しかし、なぜその行為をしたいのかは、やはりわからなかった。

小学校からそうだったが、中学、そして高校に入ってからも、僕はよく勉強ができた。クラスで五番以内には常に入っていたし、委員長のような役職にもよく推薦されていた。目立つのがそんなに好きじゃなかったので、積極的に何かすることはなかったが、それでも僕を慕うクラスメイトは多かった。

教師もそんな僕を褒め、両親は何かにつけて自慢した。ただ勉強ができるというだけで、ただ真面目に授業を聞いているというだけで、僕は尊敬され、褒められるのだ。そもそもその学力自体、両親が僕をたくさんの塾に通わせてくれたから得られたものだった。僕が主体的に努力したわけではない。もちろん、多少は頑張ったが。勉強が苦手だったり、授業中に落ち着いていられない子は可哀想だった。彼らの多くは善良なのに、いつも色眼鏡で見られるのだ。彼らは盗みなど一度もしていないのに、教室から物が消えた時に疑われるのはほとんどの場合、彼らだった。僕が盗んだのに。

大人たちは、生徒のことは、ほんの一部しか見ていないのだと思った。彼らの見ている「一部」のみきちんとしておけば、僕の罪が発覚することはない。簡単だった。呆れかえるほど簡単だった。

簡単すぎて、いくら盗んでも毎日が退屈だった。

大学に入学し、僕は一人暮らしを始めた。

親の元にいた時とは異なり、自由に色々なことができるようになった。僕は嬉しくて仕方なかった。

門限などもない。何時に出かけて、帰ってこようと構わない。

このころから、僕は盗み以外のことにも挑戦し始めた。

深夜、ドライバーを持って外出し、知らないマンションに入っては手すりのネジをゆるめて歩いた。ぎりぎりまでゆるんだネジは、誰かが体重をかければ外れ、手すりごと落下するだろう。そして、その誰かは空中に投げ出されてしまうかもしれない……投げ出されないかもしれない。

どちらでも構わない。

個包装の菓子や、飲料のペットボトルを買い、中に異物を注入することもした。毒を入れてもいいのだが、入手するのが大変だ。針、もしくは下剤程度にしておく。その後元通りに封をし、盗む時と同じ要領で店の棚に並べた。誰かが買って食べれば、吐き出すだろう。店にクレームを入れるかもしれない。一日中便所にこもるはめになるかもしれない。

どうなろうと構わない。

飲食店の椅子に画鋲を巻き、置かれている醤油瓶に酸を入れ、夜の道路にピアノ線を張った。

悪事だ。

直接人を殴るとか、女を犯すとか、そういったものではない。イタズラともいえる、些細なものかもしれない。が、僕には悪意があった。誰でもいい。被害を与えたかったんだ。

僕はそういったことを、何度も繰り返した。無差別に行った。真面目に講義に出つつ、ゼミでは発表をこなし、友達と付き合いながら、それを続けていた。僕は正義感が強い方で、カンニングなどの不正行為は大嫌いだったし、授業の代返にも嫌悪感があった。そんな僕が、夜に反社会的な行為を行って歩くのは矛盾していると思うかもしれない。

でも、僕にとってそれはごく自然に行われたことだった。

勉強に疲れたからちょっと散歩でも行くか。悪事を働くときは、いつもそんな気分だった。高揚感も罪悪感も、ゼロ。

そんなある日、ある女に会った。仮に名前をYとしておこう。

僕がとあるマンションの鍵穴に、アルミホイルを小さく折りたたんだものを入れている時、すぐ後ろから声をかけられた。

「何してるの」

僕は驚いた。周囲は警戒していたはずだった。気づかないとは。

「誰」

「私はY。逃げなくてもいいよ」

振り返ると、僕と同年代くらいの女が立っている。そいつは僕の手元を見ながら言った。

「なるほどね。こういう金属片を鍵穴に入れておけば、鍵を差し込んだ時に中に押し込まれて、詰まってしまう。そうなったら鍵穴は回らない。故障だ。細い針金か何かで取り除くか、もしくは鍵屋を呼ぶはめになるだろうね。シンプルながら、なかなかの嫌がらせ」

「何のことだかわからない」

「誤魔化さなくてもいいよ。私、別にここの住人じゃないし」

そいつは落ち着いた様子で、手に持った袋を僕に示した。中には白い粉末が入っている。

「……それは？」

「ポリアクリル酸ナトリウム。知ってる？」

「知らない」

「水に触れるとゲル化するんだ。ローションなんかの原料。その辺で売ってるから、入手も簡単」

そいつは袋を開けると、ポリアクリル酸ナトリウムとやらの粉末を、ぱらぱらと目立たぬ程度に家の出入り口に撒いた。その自然で、やり慣れた手つき。

「雨でも降れば、この粉はたちまち水を吸って、ゼリーのように変質する。透明だから目立たない。ただ、靴と床の摩擦係数はこいつのおかげでごく小さくなる。慌てて足を踏み出せば、そのまま転ぶだろうね。転落するかもしれない。ケガするかも。まあ、どうなろうと、構わない……。急カーブの道路や、狭くて細い階段なんかに撒いておくのも、楽しいよ」

僕は察した。こいつは、僕と同じタイプの人間だ。


僕とYは定期的に会う関係になった。

Yは名門私立高校に通っていて、生徒会長を務めるなど、表向きは品行方正な人間だった。その実は隙を見て悪事を繰り返していたが。僕と大して変わらない。

僕たちはお互いの悪事について、情報交換をした。どういう方法があるか。どうやれば発覚しないか。次は、どんな悪事を働くか……。

僕とYは、悪事という共通の趣味を持つ、唯一の間柄だった。よく僕の家にYを呼んでは、二人で色々と話したものだ。

僕はYを信頼していた。Yには何でも話せたし、Yも僕に対してそうしてくれているように感じていた。

　それは、ある日のことだった。いつものように、僕の家で二人で話していた。夜遅い時間だったように思う。Yは僕の大学ノートをめくりながら言った。

「N君は優秀な大学に通ってるんだね」

「たいしたことはないよ」

「家も裕福なんでしょ。仕送りが月に三十万なんて、ちょっと普通じゃないよ」

「そんなにいらないと言っても送ってくるんだ」

「いいご両親だね」

「金が余ってるだけじゃないかな」

「私もそうだけどね。私、経済的に不満なんて感じたことない」

「ふうん」

「ねえ、N君。私たちはこんなに恵まれている。なのに、なんで盗んだり……イタズラをしたりするんだろう？　どうして他人の足をひっぱるようなことをするの？」

「……」

　僕は答えなかった。それは、僕にもわからなかったからだ。

黙っていると、Ｙは笑って言った。

「当ててあげようか」

「当ててみろよ」

「バランスとりたいから、でしょ？」

よく意味がわからなかった。バランスって何と何のバランスだよ？　何が言いたいんだこいつは。……だけどＹの言葉は僕の心の中にすとんと落ちてきて、ふわりと溶けていく。

ああ、そういえばバランスとってるのかもなあ。何となくそう思った。

Ｙの話は続いた。

「私、思うんだ。私たち、奪うことなく、得すぎてる」

「奪う？」

「うん。だってそれが普通でしょ。肉を食べるんだったら、牛の命を奪わなければならない。ご飯を食べるんだったら、稲の命を奪わなければならない。お金を稼ぐには、他の人間から奪わなければならない……それが、生きてるってことだもの」

「まあ、そういう考え方もあるか」

「大学に入学するには、他の人間を蹴落とさなければならない。生徒会長になるには、他の候補者を蹴散らさなければならない。何でもそうだよ。自分が得るってことは、他の誰かが奪われるってことだもん」

「そうだな」

「でも私たち、あまりにも奪っていない」

「……」

「奪っている実感がなさすぎるんだよ」

納得感があった。僕の両親は僕に金をくれる。それは僕にとって、天から降ってきたような金だ。何の努力も必要なく、ただこの二人の元に生まれたというだけで与えられるもの。そこに確かに違和感があった。

奪っている実感がない。

「だから、奪うんじゃない？　物を盗んで、人を傷つけて、直接色々なものを奪わないと、バランスが取れないんだ。自分が生きているという感覚がなくなっちゃうんだよ」

「……そうだ」

僕は頷いていた。

大学に合格しても、人は褒めてくれるばかり。何を勝ち取っても、そこには賞賛だけがあった。僕は賞賛が欲しかったわけじゃない。いや、賞賛は欲しかったけれど、それだけが欲しかったわけじゃない。他人を蹴落とした罪悪感も、その手ごたえも、嫉妬も恨みも、奪った感触も全部含めて……欲しかったんだ。

だから足りない。

何かが足りなかった。

だから奪った。他の手段で、他の人間から奪った。奪うという行為で、奪っている実感を手に入れた。

奪うことでやっとバランスが取れ、自然になった。

そんな気がする……。

僕が欲しかったのは、奪っているという実感だったんだ。奪う物自体に興味はなかった。だから、盗んだものを捨ててしまったり、イタズラの被害者が誰でも構わなかったんじゃないか……。

「当たってた？」

Yは僕を見てもう一度笑った。僕は答える。

「だいたい」

「ふふ。正解したから、何か頂戴」

「何が欲しいの」

「そうだね……私から、何か奪ってよ」

そう言われて、僕は困ってしまった。まじまじとYの目を見る。Yはじっと僕を見つめているばかりで、何を考えているのかよくわからなかった。

仕方なく僕はYを押し倒した。そして、服を脱がせた。

Yは抵抗しなかった。笑顔のまま、僕を受け入れた。だけど、たぶんYが奪ってほしかったものは、これではないという気がした。しかし、途中でやめるのもどうかと思い、僕は行為を続けた。

今思えば、あの時ちゃんと聞くべきだった。

何を奪ってほしいのか。


気づいたら、朝日が昇っていた。

僕は半裸でソファから起き上がる。いつの間にか眠ってしまっていたらしい。あたりを見回すが、Yの姿はなかった。風呂にでも入っているのだろうか。

僕の部屋は、リビングとキッチンの間に扉がある。その先がユニットバスだ。僕はYの名前を呼びつつ、ノブに手をかけて、扉を開けた。

ぐいと、何か重い感触が走ると同時に、鈍い音が聞こえ、床に振動が走った。

さっと頭に嫌なイメージが走る。

僕はYの名前を叫び、扉を開けた。

ユニットバスでは、Yが首を吊っていた。

尻は床についているが、蛇口から吊り下げられる形で首が不自然に伸び、泡を吹いている。

顔にはまだ赤味があり、体は温かい。ついさっきまで生きていたのだ。いや、今も生きているかもしれない。すぐに救急車を呼べば間に合うのかもしれない。

しかし僕は、死んでいくYをただ見つめていた。動くことができなかった。

Yの首に巻かれたナイロンのロープはノブやドアの留め具を通して、段ボール箱に繋がっている。段ボール箱には僕の本やノートがいっぱいに詰まっていた。そして僕の開けたドアの下には、円状にくくられたロープが落ちている。その仕組みは少し考えればわかった。

僕がドアを開けば、おもりとなった段ボール箱が落ち、その反動としてYの首が吊られるということだろう。

Yは、死にたいのであれば一人で自殺することもできた。

しかし、そうしなかった。

僕に、奪わせたのだ。

少しずつ痙攣が小さくなり、冷たくなっていくYを見つめながら、僕は混乱する頭を落ち着かせようと必死だった。

Yはどうしてそんなことをしたのか。なぜ死にたかったのか。いつからその方法を考えていたのか、僕に奪わせたのは、なぜか。僕が好きだったからか、それとも僕が嫌いだったからか、それともどちらでもないのか……。

答えを確認する術は、なかった。


すまない。

Yの話が長くなってしまった。

Yの死は自殺として処理されたけれど、僕の中では殺人の感覚が……奪った感覚が、ずっと残っている。僕はYの命を奪ったのだ。そして、僕はYを奪われた。

その手ごたえは、ひどく重かった。奪うということが、奪われるということが、こんなにも重く感じられたのは初めてだった。何を盗んだ時よりも、どんなに悪質な行為をした時よりも、ずっしりと胸に食い込む感触だった。

しばらく僕は、食事もせず、ただ考え続けていた。悪事もしなかった。何もする気が起きなかった。

こんなにも奪って生きることに、価値があるんだろうか？

そんな風に考えるようになったんだ。

うまく言えないけれども、僕が生きる上で必要な分以上に、奪ってしまったような気がしたんだ。些細な盗みくらいなら良かった。それは、僕が生きるのに必要な量に釣り合っていた。しかし、Ｙは重かった。Ｙを奪った分生きることは無理なように思えた。僕の寿命の全てを使っても、足りない。

バランスを取るのであれば……僕も、何かを奪われなくてはならない。そう思った。


それで、こうすることにしたんだ。

簡単な話だよ。

Ｙが仕掛けたのと同じものを、僕も用意したんだ。これについてはもう説明は不要だろう。君が今、目の当たりにしたように、そのドアを引くと、僕は首を吊るというわけだ。Ｙの仕掛けを見ていたから、準備はかなり簡単にすんだ。あとは君がドアを開けるだけという状況で、僕はこの手紙を書いている。

最初に君が誰かわからないと言ったのは、そのドアを引く人物の候補をたくさん用意したからなんだ。

僕は色々な知り合いに連絡を取った。遊びに来てくれと伝えた。そのうち誰かが来て、ドアを開けるだろう。そして僕から僕を奪うのだ。

Yのような知り合いがいたらよかったんだけどね。僕の同類であれば、こんな手紙を用意しなくても、だいたい僕の意図を察してくれたと思う。しかし、僕にはそんな知り合いはいなかった。Yが唯一無二だったんだ。だから、他の誰かに任せることにした。そして、不運にも君が選ばれたというわけ。そして僕はせめてものお詫びとして、この手紙を用意した。

君がこの手紙を読んでいる時には、僕は死んでいることだろう。君の手によって。

君はおそらくこんなことは望んでいなかっただろうね。本当に申し訳ないと思う。死ぬなら一人で死んで欲しいよね。それは十分わかっている。

だからこれは僕のわがままなんだ。僕はどうしても……誰かに奪われたかった。

そうしないと、バランスが取れないんだ。

そうとしか、説明ができないんだ。

このバランスの話は……得る分だけ奪うとか、そういう話は……たぶん普通の人は考えないと思う。そりゃそうだ。考えるだけ、無駄なことだもの。ましてや、そのバランスを犯罪だとか自殺だとかで解消しようだなんて、迷惑千万な話だ。僕だって頭ではわかっている。わかっていたけれど、できなかった。僕やYは、その点が不器用だったんだ。そのせいで、道を踏み外した。上手に生きている人たちが羨ましいよ。

君がそんなことに思い悩む人間ではないよう祈る。バランスだとか、そんなものを意識しない人間であってほしい。君は僕のことを忘れればいいんだ。

簡単だ。

僕はこんな風に、自分勝手に君を利用した最悪の人間だ。そんな人間が死のうと、君が気にする必要はない。僕に同情などすることなく、そのまま忘れてしまえばいいんだ。

それだけのことだ。

万が一、君が僕の同類だったら……。

どうしたらいいのか、僕にはわからない。

バランスを解消するには、君も誰かに奪われるしかないと思う。

その場合は本当にすまない。

この自殺の仕掛けを良く覚えておくといい、それくらいしかアドバイスはできない。

最近ちょっと考えることがある。

Yもひょっとすると、こうして誰かを奪ったんじゃないだろうか。Yに自分を殺させたその誰かは、さらにその前に誰かを奪っていて……その連鎖が、僕まで繋がり、そして君に繋がり、そしてどこまでも続いていく……。

いや、意味のない想像にすぎないね。

君が連鎖を断ち切ることを祈るよ。

さて、説明は終わりだ。

読んでくれてありがとう。

Dの日記

一月十二日

いよいよ就職活動も本番だ。明日から面接が始まる。緊張するけれど、自分を信じて頑張っていこう。大丈夫だとは思う。先輩だってみんな就職してる。先輩たちより自分が劣ってるとは思わないしね。

自己アピールもばっちり考えた。

この日記は、就職活動の記録に使うことにしよう。

毎日は書かないかもしれないけれど、後で振り返って色々考える材料にできればと思う。

まずは、明日の面接をきっちり通過して、先に進んでおきたいな。第一志望ではないけれど、早めに内定を取っておくと安心感があるだろうからね。練習にもなって、良いはず。

一月十三日

あー最悪だ……。面接でめちゃくちゃ緊張してしまった……。

ほとんど何もしゃべれなかった。意味のないことばかり言ってしまった。同じグループの女の子なんて、自分で作った企画書まで持ってきてアピールしてたのに、何やってんだ僕は。舌噛むわ、考えてきた自己アピールはほとんど忘れるわで、ダメダメじゃないか。

なんとかしないといけないよなあ……。

次こそ。次も第一志望じゃないとはいえ、凄く興味ある業界だから失敗したくない。

一月十四日

ひどい。

もう、本当にひどい。僕のしどろもどろの自己アピールにうんざりしたのか、面接官に「もうそこまででいいです、次の人」と言われてしまった。これ、完全に落ちたよな。これで二次面接に進めるとか、そんなことありえないよな。思い出すだけでも辛い。自分が嫌になってくる。

みんな話すのうますぎだろ。どうしてあんなにスラスラ敬語が出てくるんだ？　相手の目もちゃんと見てるし……。

考えてみれば、人前で話すのは昔から苦手だったんだよなあ。そういうのが嫌だから、委員長とか、体育リーダーとか決める時には絶対に指名されないように、こそこそしていたっけ。普通に友達とかとなら話せるんだけど。

やっぱり、緊張しすぎなんだろうなあ。

本屋でアガリ症対策になりそうな本をいくつか買った。

一月十七日

今日は面接がないので、買ってきた本を読んで過ごす。

まずは自分に自信を持つことから始めるべきだと書いてある。自信があれば余裕が生まれ、余裕があれば緊張はせず、緊張しなければ失敗もしない……確かにその通りだ。

自分に自信か。

一月十八日

結果が出た。

最初の面接、ダメだった。

まあそうだよなあ。

一月十九日

こないだの面接もダメだった。ちょっと不安になってきたので、あまり興味のなかった会社にもエントリーシートをたくさん出しておく。

明日も面接。ワイシャツの予備があるかチェックする。

一月二十日

グループワークでとんちんかんなことを言ってしまい、みんなに笑われた。面接官も苦笑してた。ひどく落ち込む。

僕は本当にダメなのかもしれない。

このまま一つも合格できなかったらどうしよう。

一月二十三日

自分に自信なんて言うけれど、つまり人よりも優れているって確信するってことだろ。僕に人より優れているところ、あるんだろうか？

就活始める前は、自分は凄い人間だと、根拠もなく考えていたけど。

良く考えてみると、具体的には何もないじゃないか。

大学のレベルは高くないし、部活動に打ち込んでいるわけでもない。勉強の成績も並みだ。人に自慢できるような特技もなければ、長く続けている趣味もない。友達もいないわけじゃないけど、特に多くもない。彼女もいない。

……僕は全然ダメなんじゃないか？

本当に……。

エントリーシートの結果が来た。

十のうち八個も落ちてる。しかも、そこそこ興味あった会社はほとんど全滅だ。僕は、劣っているのか？

こないだ買った本を読む。

自分に自信を持てって言うけど、それができれば苦労しないっての。

一月二十五日

本の中に、少しピンとくる言葉があったのでここにメモしておく。

「自分に自信を持つためには、自分が人より優れている部分を探すことです。もしそれが思いつかなければ、無理にでも作りましょう。思い込みでもいいので、まずはポジティブな方向に自分を持っていくことです。まずはそこが出発点です。出発できれば、自然と長所は身についてきます」

思い込みでもいい、か。

それならできるかもしれない。

一月二十六日

今日の面接はうまくいった！

最高の気分だ。本のアドバイスが良かったんだろうな。何だか面接のイメージがつかめた気がする。忘れないために、書き残しておこう。

「学生時代頑張ったことはなんですか」

「はい。アルバイトで家庭教師をしていました。その子は勉強嫌いでしたが、結果的に偏差値は十以上あがり、当初は絶対に無理だと言われていた高校に合格させることに成功しました。私は人を教えて導くのが得意だと思います。それも無理やりに叩き込むようなやり方ではなく、相手の性質や傾向をよく観察し、うまくやる気を引き出しながら一緒に頑張っていくようなやり方に自信があります。この特技を、会社の仕事でも活かしたいと思っています」

こうやって文字にしてみてもなかなか良い回答なんじゃないかな。

まあ、実際にはその子の家庭教師、二週間しかしてないんだけど。その子のやる気のなさにこっちも面倒くさくなり、ある日遅刻していったらクビにされてしまった。

その後、偏差値が上がったり、高校に合格したのは事実だけど、その子は塾にも行っていたから、たぶんそのせいだと思う。

無理やり良い形にでっちあげているかもしれない。でも少し脚色するくらいはアリだろう。そもそも、他の学生だってみんな多少の脚色はしてるはずだ。

僕だけそういう技術が足りなくて、今までの面接で損してきてる。

これは面接の常套手段なんだよ。

どんどんやらなきゃ。

二月一日

電話が来た。昨日の面接は通過とのこと。

初、一次面接通過だ。

なるほどね。やり方がわかってきた気がする。

二月七日

だいぶコツがつかめてきた。

選考もうまく進んでいる。七つの会社で最終面接まで進んでいるから、こりゃどこの会社を選ぶか今の内から考えておかないとね。

就活なんて余裕じゃないか。

例えば体育会系のウケがいい会社では、

「私は学生時代、サッカー部に入部しチームのみんなと全国大会で準優勝まで行きました。人と一緒に大きな目標を達成する喜びを知りました」

などとアピールすればよし。

サッカー部は体験入部しただけだけどね。

でも、面接は無事に通過した。簡単だ。相手が欲しい人材を理解して、それに沿った方向性で自分を脚色して売り込む。楽勝楽勝。

自信満々でいこう。

少し面の皮が厚いくらいで、ちょうどいいんだ。

二月八日

スキルを重視する会社では、

「私はゼミで数理ファイナンスを研究しておりました。数学とその経営戦略への応用には自信があります。御社でもこの知識をいかせると思います」

これでばっちりだ。

学歴を重視する会社では、出身校を東大にしておけばいい。

二月十日

どんどん選考を通過する。

結局、バカ正直にやってると損するってわけだ。社会はそういう風にできている。

ずるく立ち回ることだって必要。就活ってのはそれに気づけるかどうかで変わってくるんだ。

僕は早く気づいてよかったと思う。

今日はグループ面接だった。隣の席の奴は、アルバイトで三人の家庭教師をしていたが、誰も第一志望に合格させられなかったらしい。

バカな奴だなー。そんなマイナス要素、正直に言ってもダメなのに。あまりにも哀れだから、面接終わった後に呼び止めて説教してやった。さすがに見てられない。

だけど、そいつは僕をうさんくさそうな目で見て、そのまま立ち去ってしまった。人の親切に対してあんな態度取るなんて、終わってんな。あいつはダメだ。社会で通用しない。採用されないだろうな。

二月十三日

今日もグループ面接だった。

どいつもこいつもダメな感じで、安心する。この中で合格を選ぶとしたら、文句なく僕になるだろうな。

特に隣に座った奴なんて、ひどいもんだった。大学では何の部活もやっていなかったそうだ。

軽蔑するね。何か団体くらいは入れよ。僕みたいに体育会とまでは言わないけどさ。大学の頃に打ち込んだものがない人間なんて、企業から見て魅力的に映るはずがないだろ。ああいう呑気な奴がいるから、日本がダメになるんだよ。

二月十四日

今日も面接はうまくいった。これでこの会社は三回目の面接だから、そろそろ内定が出てもおかしくないと思う。

あの一言が聞いたよな。

「東大卒業後、ハーバード大に留学し、数理ファイナンス研究に打ち込みました」

あれだけで、面接官が全員僕のことをじっと見ていた。周りの学生も、ちょっと落ち込んだような顔をしていたっけ。

「素晴らしい経歴をお持ちですね。ぜひ当社としては欲しい人材だと考えています。連絡をお待ちください」

って言われたしね。他の学生いるのに、僕にだけそんなこと言っちゃダメだろっての。笑いかけたよ。

気分がいいなあ。やっぱりいい大学には行っておくもんだね。

僕は素晴らしい人材なんだ。

二月十六日

内定こんなにあっても困るんだよな。どれを選ぶべきか、悩むね。贅沢な悩みかも。

二月十九日

人事担当者から、東大卒業見込みの証明書を入社前に提出するように言われた。家を探すが、どこにもない。どこにしまったのだろう。思い出せない。捨てたりはしていないと思うのだが。

二月二十一日

東大の教務課に電話で問い合わせるが、まるで話にならない。証明書の再発行くらい、簡単に対応してくれたっていいのに。在籍証明ができないので窓口に来いの一点張り。お役所仕事にもほどがある。腹が立った。

母親にも電話で聞いてみたが、そんなものあるわけないでしょと笑われた。冗談か何かだと思っているのだろうか？就職を左右する書類なのだから、もう少し親身になってほしいのだが。それとも、もうボケが始まっているのだろうか？まだそんな年齢じゃないと思っていたけど。自分の母親がボケるなんて、目の当たりにしてみると結構ショックだなあ。

二月二十二日

困った。どこにもない。担当者からはせっつかれるし、どうするか。

二月二十三日

最悪だ。どこにも見つからないから仕方なく、通いなれた東大の教務課まで行ったのだが、その対応がひどすぎる。最初は良かった。「久しぶりですね、最近はどうしてましたか」などと言われたので「就活です」と簡単に返す。まあ、大学の事務員なのだから、この時期の学生が就活していることくらいわかっていて欲しいものだが。

しかし、そこからがふざけている。

「卒業見込みの証明書発行してください」と何度も頼んだのだが、「え」だの「いえ」だの曖昧なことを言うばかりで話にならない。真面目に応対する気がないのか？挙句の果てに「ここは喫茶店なのでできません」とか、こっちをからかっているのか？

あの事務員、頭がおかしいんじゃないのか。

どうしろっていうんだよ。

二月二十四日

ふざけんな。

何だか最近、みんな僕をバカにしていないか？

親とも、東大の友達とも全然話がかみ合わないのだ。意味がよくわからない。何が具体的におかしいというわけではないのだが、ふと話している間に僕を見てぽかんとしたり、「お前何言ってんの」などと口を挟むのだ。僕は普通に世間話をしているだけだというのに。

何のために？

そんなこととして、何か面白いのか？

ひょっとして僕の才能をねたんで、みんなでからかっているんだろうか。

さすがにそこまでするとは思えないが。

とにかく非常に不愉快だ。こんな時は彼女とデートでもして忘れるに限る。

ちょうど彼女も空いているとのことだったので、明日、デートの約束をした。

楽しみ。

二月二十五日

彼女と公園でデートした。彼女の髪型がセミロングになっていて、可愛かった。僕がセミロングが好きだと言ったのを覚えていて、変えてくれたらしい。なんていい子なんだろう。

早くきっちり就職を決めて、彼女を安心させてやりたいな。そして、落ち着いたら、結婚しよう。

僕が悩みを話すと、真剣に聞いてくれた。

「そういうことも人生にはあるよ。人間は弱い生き物だから、ねたんだりするんだよ。

でもそれは、逆に言えばあなたに才能があるっていうことだよ。そんな周りの声なんて気にしないで、自信持っていけばいいんだよ。結局、最後に勝つのはあなたなんだから」

そんなことを言われた。何だか一番言ってもらいたかった台詞をもらえた気がする。凄く元気が出た。ちょっと涙も出そうになった。

僕は絶対この子を幸せにしようと誓った。

そういえば帰りに、公園の掃除をしてるおっさんに「自動販売機に話しかけてましたけど、故障でもしましたか」などと聞かれた。

よく意味がわからなかったので、スルーしたけれど。

何かと勘違いしたのかな。

二月二十七日

ありえない。

卒業見込み証明書がないと言ったら、内定を取り消された。

教務課が受け付けてくれないって何度言ったらわかるんだ。僕のせいじゃない。なんでそんなことがわからないんだ。あのバカ人事め。頭が固いからその年になってもまだその役職なんだよ、カス。

才能のない奴は、才能のある人間の足を引っ張るな。

頭にくる。

二月二十八日

他の内定も取り消された。ふざけんな。どいつもこいつもバカにしてる。

味方は彼女だけだ。

まあいい。もう、会社なんか入ってやるのはやめだ。

僕の才能と、輝かしい経歴を活かして起業しよう。既存のどうしようもない会社に入るくらいなら、その方がずっといい。

計画を立てなくちゃな。資金も準備しよう。最初は借金になるだろうが、すぐに取り返せるさ。

軌道に乗ったら、彼女と結婚だ。彼女の両親も僕のことを気に入ってくれている。うちの両親にはまだ会わせていないけど、あの子なら問題ないだろう。

バラ色の未来が目に見えるようだ。

ああ、楽しみだなあ。

思わず笑みがこぼれる。

三月一日

楽しみだなあ。
楽しみだなあ。
楽しみだなあ。

Fの日記

八月二十日

俺ってほんと蚊に刺されやすいんだよなあ。なんなんだろ？　血液型のせい？　いやーO型は刺されやすいとかいうけど、あれ迷信でしょ。だって血液型ってＡＢＯ式以外にもいっぱいあるもんな。絶対、他の因子があると思うね。そもそも俺Ｂ型だし。でもO型の友達なんかより余裕で数倍は刺されるし。

つーか、夏ほんと最悪。

痒いんだよマジで。

蚊とかほんと絶滅しろっての……。

しんどいわ、全く。

今日なんて、ちょっとコンビニ行っただけなのに四か所刺された。

まあ、虫刺されの薬塗っとくか。

あー気持ちいい。

八月二十一日

蚊についてちょっと調べてみた。

蚊ってすげーな。

一億年以上前からいるとか、化石レベルじゃねーか。人間の歴史ってどんくらいなんだろう？　よく知らないけど、どう考えても生物としては、蚊の方がずっと先輩なんだよなあ。

蚊の方が偉いんじゃないかね。人間なんかより、ずっとさ。

まあそれはどうでもいいんだけど……。

蚊を近寄らせなくする薬というやつを買ってきた。置いとくだけでいいんだってさ。

ユスリカに効果抜群なんだと。

家に入ってくる蚊がなんて種類の蚊なんて知らないけど、たぶんこれでいいよな。

八月二十二日

ふざけんな。ユスリカ、気になって調べてみたら、血を吸わない蚊じゃねーかよ。

いやまあ、夜中にプーンとか音するのもイヤなんだけどさ、俺が一番不快なのは、やっぱりこの痒みなんだよね。だから、血を吸う蚊を寄せ付けない薬が、欲しかったのに。

今日は別の虫よけ薬を買ってきた。今度はスプレー式。

念のため成分チェック。えーと、ディート……？　ふうん、色んな昆虫に忌避作用があるのか。へえ、でもどうして昆虫がこれを嫌うのかはよくわかっていない、と。

なんか適当だよなあ。まあ効くならいいんだけど。

一緒に新しい虫刺され薬も買ってきた。

これが凄いイイ！

刺されたところにつけると、ジーンとしみわたるようで、気持ちいい。しかも塗り口がちょっとギザギザしてて、かゆいところを傷つけずにかけるような感じでたまらない。

こういうのを開発する製薬会社の人は偉い！

これ、予備も買っておこうかな。

この夏で二、三本は使う気がするんだよね。

八月二十三日

朝起きたら背中を五、六か所も刺されてた。

これがまた、痒いのなんのって。大きく腫れ上がってるし。いや、背中側で見えないから、大げさに感じるだけかな？　わからん。指先で触った感じでは、凄く腫れてると思うんだけど。

それにしても蚊め。網戸はちゃんとつけてるのに、一体どこから入ってきたんだろう？

背中を思いっきり、欲望にまかせてガリガリとかきむしってやりたくなるが、ぐっとこらえる。かき壊すと、後で辛いんだよなあ。

虫刺され薬をベッタベタに塗りまくった。

スーッと冷えるようで、気持ち良かった。

ちょっと塗りすぎた気がする。

まあ、たくさん塗っても問題はないだろう。

八月二十四日

ちょっとコンビニに出たすきに、足を三か所も。イラッとくる。もういっそ長袖長ズボンで外出した方がいいのか？　俺は暑がりで汗っかきだから、考えただけでも憂鬱だけど。

虫よけ薬、本当に効いてるんだろうか？　さっきだってスプレーしてから外出したのに、あまり効き目を実感できないぞ。それともスプレーせずに出たら、この十倍は刺されていたんだろうか？

蚊取り線香とか、電気式の蚊よけ器とか使えばいいのかな。でも、できれば使いたくないなあ。俺、あの匂いがどうもダメなんだ。

八月二十五日

風呂上りに刺された場所の痒みが、全然ひかない。眠れない。腹立つなあ。

虫刺されの薬塗ってるんだけど、一瞬だけ気持ちいいんだがその後また痒くなってくるんだよな。くそ。

あー眠れない。

明日はバイトで、早く起きなきゃならんのに！

八月二十六日

ちょっといいこと発見したかも。

蚊に刺された時に、いきなり虫刺され薬を塗らない方がいい。まずは一回爪で引っ搔いて、傷痕を作っておく。皮が少し破れて、ちょっと血がにじむくらいがいい。で、その状態の皮膚に虫刺され薬を塗る。いきなり塗るのに比べて、何倍もしみる。

これがいい。

物凄く痒かったのが、一気に氷解する感じだ。それがしばらく続いて、痒みがぶり返しにくい。

まあ、ほとんど「痛い」にも近いんだけれど。爪で引っ搔く度合いを間違えると、かなり痛い場合もある。

でも痒いよりは全然いいし、何より独特の快感があるね。

痒いところに痛みをぶつけるのって、すっごい気持ちいいよな。何でこんな気持ちいいんだろ。

とにかくこのやり方を使えば、刺されても安眠できるぞ。

八月二十七日

あのやり方を見つけてから、刺されてもそんなに腹が立たなくなった。肌は荒れるようになったが。それくらいはまあいい。

何事も対処法がわかるのって大事だな。

爪での引っ掻き方もわかってきた。三日月形の痕がつくように強く皮膚に押し付けた後で、そのままガリッと引っ掻く。これを二回くらいしてから虫刺され薬を塗るのがちょうどいい。

ま、まだ工夫の余地はあるけど。

八月二十八日

やばい。偶然だけど、また凄い発見しちゃった。

アツアツのお茶が入ったカップを、蚊に刺された部分にくっつけるとめっちゃ気持ちいい。結局これは、「熱さ」という痛みでも、痒みに効果があるってことなんだろうな。

火傷する寸前に肌から離し、またカップを近づける。熱湯を直接かけるわけではなく、カップの表面を通じて熱が伝わるので、微調整ができる。

これ、かなりいいぞ。

虫刺され薬は確かに効くけど、あの匂いが厄介なところだ。それに、たくさん使うと液がべたべたして、気持ち悪い。でもカップならそんな心配はいらない。何よりお湯を沸かしてコップに入れるだけなら、お金がほとんどかからない。

いや、ほんとたまらん。癖になる。

この方法ももう少し調べてみるか？

八月二十九日

お湯方式は、少しずつお湯が冷めちゃうのがネックだな。ま、多めに沸かしといて、冷めたら適宜補給すりゃいいだけの話だけど。

しかし今日は蚊に刺されなかった。

何つうか、これはこれで困るな。

お湯方式の実験ができない。

八月三十日

公園で三十分くらい、短パン姿で時間をつぶして、ようやく蚊に刺された。

蚊の数が減ってるような気がするな。夏ももうすぐ終わりだし、仕方ないか。

刺された部分を使って実験する。虫刺され薬の時のように、肌を傷つけてから熱湯入りカップをくっつけてみたが、あまり変化が見られなかった。

カップだからダメなのかな？

傷つけた肌に直接、熱湯をかければいいのかもしれない。

でもそれだと温度の調整ができないし、下手すりゃ大火傷だよなあ。

八月三十一日

思いついた。シャワーを使うのはどうだろう？

熱湯だとしても、シャワーなら肌当たりが柔らかい。いけるような気がする。

うちのシャワーは熱湯から水まで出るタイプで、ちょっとツマミをひねればかなりの高温にもなる。うまく調整すれば、そうとう気持ちいいかもしれない。

しかし今日も刺されないなあ。

九月一日

茂みの多い公園に行って、ようやく刺された。まだこういう所なら蚊はいるな。しかし、これから寒くなって、蚊がいなくなったらどうするかね。ちょっと考えなきゃならないな。

相変わらず痒いが、数か所刺されるまで待つ。シャワー方式を試すには、一か所じゃちょっと物足りない。結局六か所ほど刺されてから家に戻った。

それにしてもこの痒みが、何だか嬉しいというか、妙にわくわくするな。これからやってくる快感を思うと、期待で胸が膨らむ。

帰宅してさっそくシャワー方式を試す。五十度くらいでいいかな？　ツマミを微調整しながら、勢いよく湯を出す。いつもよりも遥かに高い温度のせいか、湯気が凄い。指先で火傷はしない温度であることを確認して、蚊に刺された場所にシャワーヘッドを近づける。

熱い。だが……それ以上に。

とてつもない快感だった。

あまりの気持ち良さに、体が震えて、声が出てしまった。

こりゃ完全に予想以上だ。

いやもう、ほんとに日記にどう書いたらいいか、わからないくらいの気持ち良さだね。

何だか、自分が蚊に刺される体質であることが嬉しく感じてきた。

九月二日

シャワーする前に、軽く傷をつけておいた方が圧倒的に気持ちいいことは、すぐにわかった。それから、傷のつけ方にも工夫がいる。

例えばナイフでスパッと切ったような傷では、シャワーしてもただ痛いだけで、あまり気持ち良くない。しかし、ヤスリのようなもので、表面を全体的に傷つけておくと、これは気持ちいい。

当然ヤスリより肌は弱いから、軽い力で少しだけ削り落とすように傷つけるのがコツだ。強く力を入れると、あっという間に血だらけになってしまう（一回やって後悔した笑）。

近場の蚊スポットもだいぶわかってきた。

何か、川とか池のある公園とかに蚊が多いようだ。

今日もわざと刺され、熱湯シャワーで快感を楽しんだ。

風俗行くよりもずっと楽しいぞこれ。

九月三日

良く考えたら蚊よけスプレーとか、不要なことに気が付いた。ただでさえ蚊が減ってきてるのに、これ以上蚊を遠ざけてどうする。まとめて捨てた。

薬局に行って蚊を寄せるための用品を探す。蚊を近寄らせない薬があるくらいだから、蚊を呼ぶ薬もあると思ったのだが、どうも見当たらない。店員にも確認したが、変な顔をされてしまった。

九月四日

蚊の生態に関する本を買う。

池の周りによくいると思ったら、あいつら卵を水面に産み付けるらしい。そしてボウフラという幼虫になって、育つとか。

蚊の発生を防止するためには、ボウフラの住処になるような場所をできるだけ作らないことが大事なようだ。水を入れっぱなしのバケツとか、そういうのがうってつけの産卵場所になるので、まめに水を捨てることが重要らしい。

なるほどねえ。

ということは、逆のことをすれば蚊を養殖できるわけだな。

あと、温度などを維持すれば秋や冬でも蚊を大量に飼育できるようだ。

こりゃ朗報だ。

いっちょやってみるか？

水を入れたバケツをたくさん用意して、ベランダに置いた。

うまく卵を産んでくれるといいけどね。

九月五日

朝チェックしたら、いくつかのバケツにそれっぽいものが！

しかも、夕方にもう一度チェックすると、さらに数が増えていた。

どうやら、蚊の卵はそれ自体が誘引フェロモンを出していて、卵が産み付けられている水ほど他の蚊が産卵しやすくなるようだ。一つ産卵されると、どんどん増えると言うわけ。

これで蚊の心配はいらない。

思わずガッツポーズしてしまった笑

九月六日

数個のバケツを室内に入れたら、蚊が室内にも入ってくるようになった。こりゃいいね。もちろん網戸なんてだいぶ前からつけてない。窓は全開だ。

室内には常に十〜二十匹の蚊が飛んでいる。可愛いもんだ。

俺が全裸で待っていると寄ってくる。俺はその後で熱湯シャワーを浴びる。

最高に気持ちいい。

九月七日

熱湯シャワーを浴びながら皮膚を傷つけると、より気持ちいいことに気が付いた。たまに血が止まらなくなるが、たいしたことはない。

もうすぐ卵が孵化する。何匹ぶんくらいになるのだろう？　数百くらいはありそうだが。いやもっとか？　数千くらいはいくか？　楽しみだなあ。

成虫になったら一匹も部屋から逃さないように気を付けるつもりだ。

最近は色々な部分を刺されるのにハマってる。指の先とか、唇とか、そういうところを刺されてから熱湯シャワーすると独特の感覚で面白い。どこを刺されるのが一番いいんだろうな。一日に何度も刺されてはシャワーをして、実験している。

まだまだ工夫の余地はたくさんある。

痒みを克服するために、頑張らなくては笑。

Eの日記

十月四日

私はまだセックスをしたことがない。

クラスのみんなは彼氏とセックスしたとか自慢げに報告してくる。聞いてないのに。

でも私もしてみたい。ちょっと怖いけどね。痛いの嫌だし。

十月五日

初体験は痛いらしい。

誰から聞いたのか忘れたけれど。ひょっとしたら雑誌に載ってたんだっけ。血が出るとかって話だけど、それってケガなんじゃないの？　子供作る行為でなんでケガすんの。よくわからないなー。

あ、でも生理も血は出るしなあ。それと似たようなものなんだろうか。それにしても、女の子ってちょっと血を無駄遣いしすぎなんじゃない？　どうなのかな。

何か面白いことないかな。

テレビ、どのチャンネルもつまんない。

十月六日

今日は、クラスの男子に映画に誘われた。

デートなんて高校に入ってから初めてかも。ちょっと嬉しい。相手は正直あんまり話したことない、よくわからない人だけど。

あの人下心あるのかなあ。

とりあえずＯＫした。早く初体験すませたいなあ。いっそあの人でもいいかな？

ま、でも映画行っていきなりセックスってこともないよなあ。

順序ってものがあるよね。

私は手っ取り早い方がいいけど。

まあ、普通に映画が楽しみだ。

十月七日

映画最悪だった。つまんねー。このチョイスは、どうなんだろう。

まあ仕方ないか。

映画が終わった後に告られた。私の健気でまじめなところが前から好きだったとのこと。えー、私健気でまじめかなあ。自分で全くそうは思わないんだけど。どこ見てるんだろ、この人。褒められるのは悪い気はしないけど。

なんだろうね、男子って子供って感じ。

まあ、いいか。付き合うことにしてみた。

愛情というよりは好奇心だね。

この人、無害そうだし。

今日から私も彼氏持ち。

ちょっとだけドキドキする。

十月八日

彼氏からたくさんメールが来る。

返事しないでいると、何通も来る。ちょっとテレビ見てるだけで、五通くらい溜まってた。内容は大したことじゃないけど。

彼氏が好きなバンドの話とか、芸人の話とか、あとはいかに私を愛しているかみたいな話。つまんない。

でもそのメールに律儀に返事をした。それも、楽しそうな文面で。そうしてみれば恋してるような気分になるかと思ったから。

好きって何なんだろう？　何となくこれはちょっと違うような気はするけど、どうしたら漫画やドラマみたいな恋になるのかがよくわかんない。

彼氏も普通に人としては好きだけれど、異性として好きというのは少し違うと思う。

うーん、どうしたらいいのかな。

十月九日

彼氏と遊びに行くと、愛してるって何度も言われる。

私も好きだよって言うようにしてる。嘘は言っていない。別に、嫌いじゃないし。

でも別に彼氏以外の男も同じくらいにいい人だと思うし、好きだと思う。

これって彼氏を裏切ってることになるのかな？

そんなことないよなあ。

たぶん。

十月十日

今日は、ほんと何だったんだろう。わけわかんない。

彼氏とデートしてて、疲れたからどっかで休もうかって話になった。そんで、彼氏の家に行った。家族は誰もいなくて、二人っきり。

初体験のチャンスだったと思う。

何となく雰囲気もそれっぽくなってきて、彼氏は私の胸を触ったりし始めた。いよいよ私も処女卒業だと思った。彼氏はやりたそうだったけど、私は一応恥じらってみることにした。女の子だし、その辺はしとかないと。パンツにも手が伸びてきたから、軽く拒否してみたり。

そしたら、彼氏。

「君が嫌がることはしたくないし、今日はやめよう。俺、君のことが本気で好きだから。君がやりたくなるまで待つよ。二人でやりたくなったら、しよう」

だって。

えー。

だってそこで「私もしたい」とは言えないでしょ。男はやりたいって言っても許されるけど、女はダメみたいなのあるでしょ。

で、彼氏は本当にそこでやめちゃった。あとは一緒にテレビ見て終わり。

私、拍子抜け。

一応ありがとうとは言っておいたけど。男って何だかよくわからないなあ。

十月十一日

彼氏はやたらと私を気遣う。

急に迫っちゃって傷つけちゃったかな、とか。君の体が好きなんじゃなくて、君が好きなんだ、そこはわかってほしい、とか。もーわかったっての。

何だろう。大事にされてるのはわかるんだけど、この少しわずらわしい感じ。

そういうのいいから、もう早く初体験してみたいんだけど。

十月十二日

友達とのカラオケの帰りにナンパされた。チャラそうで唇の端っこにピアスついてて怖かったからついていかなかったけど。メアドだけ交換してメールしてみてる。メールしててわかったけど、思ったより普通の人かも。いっそこの人に処女奪ってもらおうかな。

でもそれは彼氏に悪いよね。

別れたいって言って、彼氏別れてくれるかな。

無理だよなあ。まだ付き合って数日だもん。

十月十三日

ナンパの人とセックスしちゃった。

ただ遊ぶだけの予定だったけど、結局好奇心には勝てなかった。

感想。そんなに面白くないし、さほど気持ちよくもない。

想像してたほど痛くなかった。ただ、まだちょっとだけあそこに違和感がある。何だか男が凄く興奮して頑張ってるのが滑稽で、正直引いてしまった。

ひとりエッチの方がいいと思う。

まあ、とりあえずどんなものだかわかったから、よしとするか。

十月十四日

ナンパの人からメールが来た。

気持ち良かったからまたしようね、だって。

ちょっと面倒になってきたので、メール拒否した。

十月十五日

彼氏が、私がナンパの人とエッチしたことに気づいた。

彼氏、めちゃくちゃへこんでる。信じてたのに、って何度も言われた。

そんなこと言われても。そもそも、君が私を勝手に都合よく解釈して、信じてただけでしょ。私が悪いんじゃないと思う。私、最初からやりたいようにやってるだけだもん。

ただ目の前で落ち込まれると、ちょっとだけ申し訳ない気もする。

だけどどうしたらいいんだろう。

別れようって言ったら泣かれた。まだ好きだって言ってる。よくわかんない、私の本性がわかってもまだ付き合うってこと？　何をそこまで信じてるの？　人をそこまで好きになれるものなんだろうか。

意味がよくわからない。

私の感覚が変なのかな？

でも、他人の携帯勝手に見る彼氏の感覚だって、変だと思うけどね。

十月十六日

彼氏は前と同じに、いっぱいメールしてくる。何があっても二人なら乗り越えていけるとか、俺に魅力がもっとあれば君にそんな気を起こさせなかったはずだとか、そんな内容。

まだ愛してるよって、何度も言われる。

そう言われれば言われるほど、なんかあてつけられてるみたいで嫌なんだけど。いっそ別れちゃえばいいんじゃないの？

こう言っちゃなんだけど、彼氏は自分の妄想に酔ってるだけに思えてきた。

でも、彼氏は私に優しい。

何なのこの感じ。気持ち悪いっていうか。

やっぱり私が悪いの？

十月十七日

運命の人運命の人ってうるさいんだよ。面倒くさいから早く別れたいってメールしてやった。送ったあとでちょっと後悔したけど、謝るのもややこしいことになりそうだから、謝らない。

もう知らない。

十月十八日

彼氏が学校を休んだ。

十月二十一日

相変わらず学校に来ない。

十月二十二日

相変わらず学校に来ない。

メールしても返事なし。

十月二十三日

彼氏の友達から、噂を聞いた。食事をちゃんと食べてないみたい。落ち込みすぎて体調を崩し、ずっと寝てるそうだ。クラスのみんなも心配している。私も「何があったんだろう、心配だね」と言っておいた。

私と彼氏が付き合っていたことは、クラスの誰も知らないから問題ない。

でも、少し心が痛んだ。

そんなに私のこと好きだったんだなあ。ありがたいとは思うんだけど、やっぱりいまいちピンと来ない。

十月二十四日

彼氏に電話してみた。でも、出なかった。

明日もう一度かけてみるか。

今頃になって心配するというのも変だけど、気になるんだから仕方ない。

十月二十五日

彼氏に電話してみた。彼氏のお母さんが出た。

彼氏は死んだそうだ。

十月二十六日

彼氏について、クラスで噂が飛び交っている。聞いた話を総合すると、自殺らしい。

これ、私のせいなのかな。

思ったほどショックじゃない。というか、妙に現実感がない。

からっぽの彼氏の机の前で、小さく「ごめんね」ってつぶやいてみた。

十月二十七日

朝起きて鏡を見たら、私のうしろを彼氏が通っていった。

十月二十八日

学校に行ったら、私の席に彼氏が座っていた。

そこ、私の席なんだけど。

仕方ないから帰った。

十月二十九日

部活に行く。

ロッカーを開けると、彼氏が立っていた。

必要なものを無言で取り出し、閉める。

十月三十日

ごめんねって言ってるのに。

テレビ画面に映っている彼氏の顔は、ずっと私を見つめ続けている。無表情に、ぼうっと私を見ている。ごめんねって言ってるのに。返事してよ。返事してくれるまで、目をそらせない。

お母さんがテレビのスイッチを消した。砂嵐の画面なんか見てないで、早く寝なさいと言われた。

まだ彼氏は映っている。

目をそらせない。

十月三十一日

街を歩いていると、三人に一人は彼氏とすれ違う。少し異常な気がしてきた。何が異常なのかわからない。どうしたらいいのかわからない。

十一月一日

あ、私彼氏なんじゃないかな。鏡に映るのは彼氏。教室に彼氏。街を歩くのも彼氏。彼氏からメール来た。彼氏にメールしよ。メールの相手は彼氏。え？　ごめんね彼氏。でも私彼氏。日記は彼氏が書いてる。違う。日記書く私の後ろで、彼氏が見てる。凄い見てる。見すぎ。彼氏見すぎ。一文字一文字全部見てる。見なくてもいいんだけど。でも見る。日記読み返す。読んでるとずっと後ろに彼氏が立ってる。あなたの後ろにも彼氏が立ってる。

Zのブログ

四月十二日の記事「はじめまして！　Zです！」

こんにちは！　今日からブログを始めようと思います。まずは自己紹介から。Zといいます！　あ、もちろんハンドルネームなので（笑）

由来はいくつかありますが、秘密です。

僕は高校生、男です。音楽や作詞に興味があります。中でも作詞には自信があって、以前あるサイトにアップした詩は、一年であっという間に閲覧数が百を突破しました！

ただ作曲は苦手なので、誰か作曲手伝ってくれませんかね？　作詞だったらどんなジャンルでもできると思います、ちなみにストックも結構ありますよ！

このブログでは僕の詩のストックを紹介したり、日々考えたことなんかを綴っていこうかと思っています！　毎日更新するつもりなのでぜひチェックしてください！

あ、作曲してくれる人も募集してますよー！　どしどし応募してくださいな！　女性の方も遠慮せずに。女性の感性、凄く欲しいので（笑）
　よろしくお願いしますねー！

　　　　　　―この記事にコメントをする―コメント（0）―

四月十三日の記事「ブログ二日目です！」

閲覧ありがとうございます！　わりと思いつきでブログ始めたんですが、意外と反響があってビックリしました（笑）詳細な数は伏せますが、何人かの人がもう見てくれてますね！　嬉しい限りです！
早速、僕の詩をアップしていきたいと思います。
感想などいただけると大変参考になりますので、よろしくお願いします！
ではさっそく。これはつい最近作った詩です。
「ｌｏｖｅ　ＦＬＡＷＥＲ　～君のためにハナを咲かそう～」作詞：Ｚ
歌詞を読むにはこちらをクリック↓続きを読む
　　　　　　―この記事にコメントをする―コメント（1）―

四月十四日の記事「閲覧いつも嬉しいです！」

今日はファンの方にいただいたコメントに返信をしていきたいと思います！

まずは、昨日の記事にいただいたコメントから。これはHN：ナッツさんのコメントですね、ナッツさんありがとうございました！

詩を見てコメントくれたようです、とても嬉しいです！

あと、僕のミスにも指摘をくれました。綴りが間違ってたみたいですね。花の綴りは、「FLAWER」ではなく「FLOWER」でした。うっかりしていたようです。慌てていてスミマセン！　これから気をつけるので、ご勘弁を（笑）

ただ、ナッツさんも僕の「仕掛け」には気づかなかったみたいですね。

タイトルの「love　FLOWER」ですが、なぜ大文字と小文字が使い分けられていると思います？　実はここには、裏の意味があります。歌詞を隅々まで読み込んでもらえたら、わかると思いますが……。

歌詞に出てくる少年の気持ちも、この仕掛けが読み解けたらより深く理解できるかと思います！　今はまだ僕から答えは出さずにおきますね。わかった方はコメントください！

ナッツさんも是非考えてみてくださいね！　ところでナッツさんは女性ですか？良かったら一緒に創作活動とかしたいです！
ではでは今日はこんなところで。

―この記事にコメントをする―コメント（2）―

四月十六日の記事「警告：荒らしは通報します」

いつもブログを楽しみにしてくれている皆さん、スミマセン！
ちょっと今日は一つ連絡しておきたいことがあります。それは、荒らしについてです。僕のブログのコメントに、誹謗中傷や宣伝を書き込むのはやめてください！　一回は削除するだけにしますが、二回以降はブロックや通報しますよ。そうしたら、僕のブログは一切読めなくなりますからね。それでいいのかどうか、よく考えてから行動してください。
皆さんが良識ある行動をしてくれる限りは、僕もそんな手荒な手段には出ません！一緒に仲良くやっていきましょう。よろしくお願いします。

―この記事にコメントをする―コメント（1）―

四月十七日の記事「新作アップ！」

皆さんお待たせしました！　今日は待望の新作アップですよ。実はちょっと前に起きた出来事をモチーフにした作品で、インスピレーション感じてから数時間で一気に書き上げました！　いつも念入りに推敲を重ねながら作詞するのが僕のスタイルなので、こういうのは珍しいですね。自分でもちょっと驚いています（笑）

どうぞ、お楽しみください。曲をつけてくれる方も募集してます！

「シングル・カラミティ‼あるいは君によるセカイ」作詞：Z

歌詞を読むにはこちらをクリック↓続きを読む

―この記事にコメントをする―コメント（1）―

四月十八日の記事「春ですね～！」

ずいぶん温かくなってきました！　皆さんは元気にしてますか？　僕はちょっと花粉症でダメージ受けてます（笑）

さてさて「ｌｏｖｅ　ＦＬＯＷＥＲ」の裏の仕掛けについてですが、皆さんわかりましたでしょうか？　今のところ正解をコメントしてくれた方はいませんが、どうでしょう？　ちょっとわかりにくかったかもしれないので、ヒントを一つ出しますね！　実はタイトルでは「花」を「ハナ」とカタカナ表記してますよね。しかし、歌詞の本文では「花」と書いています。これは誤字ではなく、ちゃんと意味があるんです。そこから推理すると、色々とわかってくると思います！

結構僕の作風として、こういう仕掛けを入れるのが好きなんですよ（笑）

一回読んで終わりではなくて、何回か見直すことで隠れた意味に気がつくという、そんな何度も楽しめる曲が好きなんです！

熱心なファンの皆さんなら気づいているかもしれませんが、昨日掲載した「シングル・カラミティ〓あるいは君によるセカイ」にも、仕掛けが入ってます。大した仕掛けじゃありませんが（笑）

僕の詩を読む時には、その仕掛けを解くことも楽しんでもらえたら幸いです！　ミステリ小説のような感じで（笑）

あと、僕の作風に共感できる作曲家の方がいらっしゃいましたら、ぜひコメントください！　一緒に曲を作りたいです！

――この記事にコメントをする――コメント（２）――

四月二十日の記事「重大発表です！」

なんと！　プロの作曲家さんが、僕の歌詞に目を留めてくれました！　詳しくは秘密ですが、ひょっとしたらメジャーデビューするかもしれません！　これから打ち合わせをすることになると思います！

これもいつも応援してくれるファンの皆様のおかげです！　感謝しています。

ああ、この発表を見て、もう作曲家募集は終わったと思わないでください（笑）　引き続き、一緒に曲を作ってくださる方募集してますよ！

よろしく！

—この記事にコメントをする—コメント（0）—

四月二十二日の記事「おーい」

こないだ連絡くれた方、メール見てますか？

待ち合わせ場所で、会えませんでしたね。できれば次は顔写真送ってもらいたいです！

メールで再度打ち合わせについて連絡取ろうと思ったのですが、全然返事がないのでこちらで書いちゃいます！
ここを見たら連絡ください！　よろしく！
では、連絡事項でスミマセンでした～。

―この記事にコメントをする―コメント（0）―

四月二十三日の記事「バカ」

アホ。

―この記事にコメントをする―コメント（0）―

四月二十三日の記事「すみません！」

一個前の記事は、バグだと思います！
僕はこれ、書いた記憶ありません！　変なバグですね。他の人のブログ記事が、ごっちゃになったのかな？　ちょっとパソコンに詳しくないので、わかりません。詳しい人いたら、アドバイスくれると嬉しいです！
ま、とりあえず運営会社に連絡してみます！

ご迷惑かけました！

―この記事にコメントをする―コメント（0）―

四月二十四日の記事「ワロス」

お前さ、うちのクラスの富士井だろ。
作詞とか、バカじゃねーのw

―この記事にコメントをする―コメント（0）―

四月二十四日の記事「またバグですかね？」

すみません！　何か変なバグが起きてるみたいなので、しばらくブログ止めるかもしれません！　必ず再開するので、待っててください！
ファンの皆さん、ごめんなさい！

―この記事にコメントをする―コメント（0）―

四月二十四日の記事「アホだなー」

無駄だって。管理者権限でブログ停止したって、こっちでも再開できるんだからさ。

お前、ほんとバカだな。手帳なんかにブログのパスワード、メモってんなよ
ｗ　バレバレだっつのｗ
え？　何が作詞だよｗｗ
音痴のくせにｗｗｗ

―この記事にコメントをする―コメント（０）―

四月二十四日の記事「この記事は削除されました」

この記事は削除されました。

―この記事にコメントをする―コメント（０）―

四月二十四日の記事「無駄だってｗ」

削除したって無駄だってｗ　こっちで記事復活できるし、お前の記事も削除できるんだからさｗｗｗｗ　なんでわかんないのｗｗｗ　バカｗｗｗｗ

―この記事にコメントをする―コメント（０）―

四月二十四日の記事「この記事は削除されました」

この記事は削除されました。

—この記事にコメントをする—コメント（0）—

四月二十四日の記事「この記事は削除されました」

この記事は削除されました。

—この記事にコメントをする—コメント（0）—

四月二十四日の記事「この記事は削除されました」

この記事は削除されました。

—この記事にコメントをする—コメント（0）—

四月二十四日の記事「こっちも」

お前の記事削除してまーすｗｗｗｗ

—この記事にコメントをする—コメント（0）—

四月二十四日の記事「この記事は削除されました」

この記事は削除されました。

―この記事にコメントをする―コメント（0）―

四月二十四日の記事「お前さー」

よく授業中にキモイ顔して何か書いてると思ったら、こんな詞なんて作ってたのかよｗｗｗｗ　何が裏の仕掛け（ドヤッ）だよｗｗｗｗ　今時小学生でもこんなダサいのつくんねーってのｗｗｗｗ

中二病かよｗｗｗｗ

お前高校生だろｗｗｗｗｗｗ

ＦＬＯＷＥＲの綴り間違えるとかｗｗｗ　はらいてえｗｗｗｗ

―この記事にコメントをする―コメント（0）―

四月二十四日の記事「おいおいｗ」

あれ？　抵抗しないの？　逃げちゃったかな？

おーい、富士井くん？ｗｗｗｗ
二年Ｃ組、出席番号三十三番の富士井くんｗｗｗｗ
えーと彼の住所は、名簿に書いてあるね、東京都練馬区……おっと！　ここからは曲の感想を書いてくれた人だけにお★し★え★ま★す★
いまならなんと！
自宅の電話番号も教えちゃうよ！
あーあ、ママに怒られちゃうなあｗｗｗｗ

―この記事にコメントをする―コメント（0）―

四月二十五日の記事「あれー？」

ウンコ富士井、逃げちゃったのかなー？　帰ってきてよー？
ぼくたちさみしいｗｗｗ
さみしくてしんじゃうｗｗｗ

―この記事にコメントをする―コメント（0）―

四月二十六日の記事「逃亡かよｗ」

あれれー。マジで逃亡？　見てんだろオイｗ
つまんね。

—この記事にコメントをする—コメント（0）—

四月二十六日の記事「情けねー奴だなー」

つまんねつまんね。

—この記事にコメントをする—コメント（0）—

四月二十七日の記事「だから言ったろ」

だからまだバラすのは早いっていったじゃん。もうちょっと観察してからにすればよかったのによ。
楽しみが減っちまった。

—この記事にコメントをする—コメント（0）—

四月二十七日の記事「悪い悪い」

いや、こんなに早く逃亡するなんておもわなかったもんｗｗｗｗ
もういいから、クラスのみんなに教えちまうかｗｗｗ

―この記事にコメントをする―コメント（0）―

四月二十七日の記事「その前に」

クラスのみんなに教える前に、俺たちの記事は削除しておいた方がいいかな。さすがにイジメっぽくて、女子とか引くかもしれんし。俺たちの評価下がるぜ？　あいつの痛い記事だけ残すんだよ。やっといて。

―この記事にコメントをする―コメント（0）―

四月二十七日の記事「了解」

あとでやっとくわ。

―この記事にコメントをする―コメント（0）―

四月二十八日の記事「ブログ再開！」

ファンの皆様、お待たせしました！　ブログを再開します！
ちょっとバグがあったみたいですが、運営会社に報告して全て解決しました！　全部関係ないところのブログ内容が入ってきているだけだったようです！　なので、気にしないでくださいね。
まったく僕とは関係のないことなので！
それではまた、歌詞をちょっとずつ載せていくのでご期待ください！
引き続き、作曲してくれる方も募集中ですよー！

―この記事にコメントをする―コメント（３）―

四月二十九日の記事「単純すぎｗｗｗｗ」

おい富士井ｗｗｗｗｗ
パスワード変えたからってしれっと再開すんなよｗｗｗｗ
安心しすぎだろｗｗｗｗ
しかも、学籍番号がまんまパスワードとかｗｗｗｗｗ

これでログインできて逆にこっちがびっくりしたわｗｗｗｗｗｗ
お前の顔写真、ここに載せていい？　ｗｗｗｗｗ
隠し撮りしたのあるんだがｗｗｗｗ
マジキモｗｗｗｗ

―この記事にコメントをする―コメント（0）―

四月二十九日の記事「おーい」

また逃亡？　パスワード変えても無駄だよｗｗｗｗ
お前の考えるパスワードなんてだいたいわかるしｗｗｗｗｗ
逆にお前、俺らが誰かわかんねーだろ？　ｗｗｗｗ
ヒントあげよっか？　ヒント？
お前の隣の席の、吉田だよ！

―この記事にコメントをする―コメント（0）―

四月二十九日の記事「ｗｗｗｗｗ」

嘘だよｗｗｗｗｗｗ

―この記事にコメントをする―コメント（0）―

四月二十九日の記事「なーんてねｗ」

実は、お前が片思いしてる美奈子ちんでーすｗｗｗ
さてさて、信じてくれるかなーｗｗｗ

―この記事にコメントをする―コメント（0）―

四月二十九日の記事「マジ」

キモイなあ。富士井。

―この記事にコメントをする―コメント（0）―

四月二十九日の記事「あれー？」

もうくじけちゃったの？　逃亡ｗ
困ったら即逃亡ってｗ
おしゃべりしよーよーｗｗｗｗ

―この記事にコメントをする―コメント（0）―

四月二十九日の記事「あ、そうだ」

いいこと教えてあげるよ！
お前さー、プロの作曲家から連絡あったって言ってたじゃんｗｗｗ
待ち合わせいっただろｗｗｗ
渋谷のモヤイ像前ｗｗｗｗｗｗｗｗ
あの連絡したの、俺らだからｗ
いやーあれむっちゃ受けたわｗｗ
不細工なくせして、ワックスなんてつけてくるんだもんなｗｗｗ
自意識過剰ｗ　ブログを出会い系サイトと勘違いしないでくださーーーいｗ
あの時のお前の間抜け面、写真撮ってあるからｗｗｗ
あの後俺らカラオケでめっちゃ盛り上がったしｗｗ
アリガトｗｗｗ

――この記事にコメントをする――コメント（0）――

四月三十日の記事「富士井くーん」

今日どうして学校休んだの？
俺ら、待ってるのにー。
お前がどんな顔して学校来るか、楽しみなのにー。

—この記事にコメントをする—コメント（0）—

四月三十日の記事「ちょw」

ついに学校まで逃亡ですかwwww
すげーwwww
逃亡プロは違いますねーwww
チーッスwwww

—この記事にコメントをする—コメント（0）—

五月一日の記事「今までありがとうございました」

このブログは閉鎖しようと思います。バグが多すぎて、ちょっと対応できなくなってしまいました。今まで楽しみにしてくださったファンの皆様には、本当に申し訳ありません。またどこかで会ったら、よろしくお願いいたします。
再開の目途は今のところ立たないので、もし嫌な方は、お気に入りの削除をよろしくお願いいたします。
では。

—この記事にコメントをする—コメント（2）—

五月一日の記事「おやおやｗｗｗ」

マジで完全逃亡?
それより学校きてよｗｗｗ
あと、このブログ楽しみにしてるのって俺らくらいだからｗｗｗ
一日のユニークPV7とかじゃんｗｗｗ　そのうち4は俺らでーすｗｗｗ

—この記事にコメントをする—コメント（0）—

五月二日の記事「この記事は削除されました」

この記事は削除されました。

—この記事にコメントをする—コメント（0）—

五月七日の記事「富士井君へ」

どこへ書けばいいのかわからないので、ここに書きます。
ごめんなさい。僕たちが悪かったです。本当にすみませんでした。いたずらが行きすぎました。反省しています。僕たち三人は、もう絶対に君をからかったりしません。お願いします。良かったら、直接お詫びをさせてください。もしくは、電話やメールでもいいです。どうかよろしくお願いします。

—この記事にコメントをする—コメント（0）—

五月八日の記事「本当に申し訳ありません」

本当にすみませんでした。
学校には来ないのでしょうか？
謝ります。お願いします、許してください。何でもします。

—この記事にコメントをする—コメント（0）—

五月九日の記事「見ていないのでしょうか？」

お願いです。ここを見てください。謝るチャンスをください。何時でもいいので、見たら連絡をください。そんなに嫌だと思わなかったんです。

―この記事にコメントをする―コメント（0）―

五月九日の記事「ちょっと、お願い、見てるんでしょ？」

本当は見てるんでしょ？　メールも、読んでるよね？　お願い、返事してよ！　メールでも書いたけど、本当に悪かったと思ってるんだって！　許してよ！　それに一番悪口言ってたの、高橋だから！　もう気が済んだでしょ？　ねえ！

―この記事にコメントをする―コメント（0）―

五月九日の記事「連絡します」

伊藤も、昨日病院で亡くなったそうです。やっぱり、富士井君ですよね？　高橋を刺したのも、そうなんですよね？　他に考えられません。本当に、すまないと思ってるんです。わかってください。謝ります。

—この記事にコメントをする—コメント（0）—

五月九日の記事「警告」

富士井君へ。君は僕も、夜道で襲うつもりかもしれないけど、それは犯罪です。僕たちがやったことは確かに悪かったけど、犯罪じゃない。犯罪じゃないことに対して、犯罪で仕返しをするのは間違っています。

それに僕たちだって、富士井君のことを警察に言います。まだ証拠はないけど、本格的に探されたら君だって絶対ぼろが出るはずです。よく考えてください。お互いに未来があります。仲直りしましょう。それが一番得です。

—この記事にコメントをする—コメント（0）—

五月十日の記事「聞いて！」

お願い！　許して！

—この記事にコメントをする—コメント（0）—

五月十日の記事「お願い！」

堺が悪かったんだって！　高橋と堺が、やってたの！
あとから伊藤が混ざって、それでつるんでたんだよ！
私は一度も書きこんでないんだから！
あいつらがやってるの見てただけだし、そんなのやめなよって言ってたの！　本当！
嘘じゃない！
だから私だけは許して！

―この記事にコメントをする―コメント（0）―

五月十日の記事「わかって！」

私は悪くないの！
私は違う！　何か、返事してよ！　お願い！

―この記事にコメントをする―コメント（0）―

五月十日の記事「知らないからね」

あくまで返事しないっていうなら、仲直りしないっていうなら、もう知らないから！　あんたのことは、とっくに警察に言ってあるんだ。こいつが怪しいですってね。警察は絶対あんたをマークしてるはず。私を狙ったら、あんたの人生だって終わりだよ。間違いないから。警察ってすごい有能だから。あんたなんかが逃げ切れるわけない。


このブログのＵＲＬだって、警察に伝えてあるんだからね。

どうせあんた、私が誰かもわかってないんでしょ？

わかるわけないよねー！

あんたが思ってる私と、私は違う人だからね！

無理！　私を襲うなんて無理だから。私、空手とかやってるから。本当だよ。それから、ボディガード雇うし。ハッタリじゃないよ。本気。絶対無理。

諦めるなら今のうちだからね。

すぐにメールの返事して、仕返ししないって言うなら、警察にとりなしてあげる。

これは取引だから。わかってる？

自分の人生、犠牲にしたって仕方ないよ？

これ、最後の警告だから！　よく考えて！

—この記事にコメントをする—コメント（0）—

五月十一日の記事「ブログ再開！」

ファンの皆様、お待たせしました！　ブログを再開します！

ちょっとバグがあったみたいですが、運営会社に報告して全て解決しました！　全部関係ないところのブログ内容が入ってきているだけだったようです！　なので、気にしないでくださいね。

まったく僕とは関係のないことなので！

それではまた、歌詞をちょっとずつ載せていくのでご期待ください！

引き続き、作曲してくれる方も募集中ですよー！

—この記事にコメントをする—コメント（0）—

Lの日記

一ページ目

第一志望の医大に合格した！

やったあああああああああ！

もう……ほんっと、すごいさっぱり！　解放感！

頑張って勉強した甲斐があったよ！　めっちゃ嬉しい！　お母さんが茶碗蒸しとカレー作ってくれた！　私の好きな料理ツートップ。お母さん、ありがとう！　お父さん、授業料はよろしくね！

ずっと夢だった、医者になること。

ちょっと血とかそういうの苦手だし、化学も生物も不得手だった……。

でもそんな私でも合格できた。

一人でも多くの患者さんを笑顔にする、素敵な医者になるために頑張るぞ♪

このノートには、大学で考えたことなんかを書いていくことにします！

落ち込んだり、悩んだりした時に、見直して……また元気になれるようなノートになったらいいな♪

二ページ目

先輩の話とか聞いて思ったけど、やっぱ医大って勉強ばっかだね！

文系の大学だと、受験終わったら後は部活だけ、なんてところもあるらしいけど、この大学じゃそうはいかない。必要な単位落としたら容赦なく追試、そして留年だあ。

しかもテキスト分厚すぎ。ありえんでしょ。予備校の教科書なんて、これに比べたらまだまだ薄い方に思える。どのページにも専門用語がぎっしり。これ全部覚えるの？

ちょっと不安だなあ。

でも、そりゃそっか。

医者になるんだもんね。医者が、ちゃんとした知識持ってなかったら、大変だもんね。患者さんの立場からしたら、当然だよ。

よし、頑張っていくぞ！

三ページ目

資料集怖すぎ。

病気の写真とか、手術の図解とか、見るだけで怖いよぉ。

こういうの苦手なんだって、私……。

なんか今度の小テストは、写真を見てその病気の名前を答える、みたいなものらしい。だから資料集の写真をがっつり覚えておかないといけないんだけど……いや、怖すぎだって。

ホラー映画とかの方がまだマシだよー。

夜に一人で見てると、なんかもう悪夢見そうだよ。

なんか明るい音楽でも聞きながらやろう。

四ページ目

ダメだ……。

今日のカエルの解剖で、号泣してしまった。

だって、怖すぎて。いや、ほんとに……うえっとなりそうだったもん。資料集の写真でも目を逸らしたくなるのに、生はまずいよ……。なんか迫ってくるものが違うもん。それにぴくぴく動いてたり、あとあの匂いが生理的にきつい。

教授に凄く怒られた。

友達はみんな平気でやってたのに。落ち込むなあ。

五ページ目

こないだ解剖やらなかったからって、もう一度やらされた。

でも全然できなかった……ほんと、目をつぶってマスクして、半泣きでやったけど。友達が半分以上やってくれたし……。

こんなんで医者になれるんだろうか？

私、向いてないのかなあ。悔しい。

六ページ目

教授が私を呼び出してお説教をした。こないだは怒鳴られたけど、今日は静かに諭すような感じだった。

カエルはあなたたちの勉強のために、命と体を提供しているんです。だから怖いとか、気持ち悪いとかは、カエルにとても失礼です。カエルの命を正面から受け止めて、しっかり学ばなくてはいけません。

そう言われた。

その通りだと思った。

私、甘えてるのかもしれない。

反省した。

七ページ目

とにかく慣れることだ。

資料集を真剣に見つめることからはじめてみた。これが意外にも、平気だった。ちゃんと勉強しようって気持ちで、腹をくって見ると、何とかなるものだ。こないだまで怖がっていた自分が、不思議なくらい。

いや、それでもページめくって、凄い写真がドンと出てくるとやっぱりびっくりするけど……でも私、成長してる。前よりは全然良くなってる。

目が逃げずに、冷静に腫瘍や裂傷の写真を見ることができているのが、わかる。

この調子だ！　私！

八ページ目

資料集にも、教科書にも、たくさんの写真が載っている。中にはネット上のグロ画像なんて、目じゃないようなものだってある。腫瘍そのものの写真なんてまだマシ。なんかぐちゃぐちゃしてる、程度のものだもの。人間の形がよくわかる画像が、一番怖いよ。高所から落ちて、顔面に大きな切り傷が走っている写真とか……両足の壊死の写真も、凄い。こないだスライドで見た、赤ちゃんの奇形はやばかった。目が一つしかなくて、心臓が露出してるんだもの。

でも……怖がっちゃいけないよね。

だって、この写真だって、患者さんが協力してくれて、載せてくれているんだもの。私が患者さんだったら、自分の醜いところの写真なんて、撮られたくない。でも、この患者さんたちは撮ることを許可したんだ。同じように苦しむ人を一人でも減らすために、この教科書に載って、私の目に映ってるんだ。

だから怖がるなんてダメだよ。

絶対ダメ。

ちゃんと、見なきゃダメ！

九ページ目

結構慣れてきたかもしれない。

やっぱり訓練の力って凄い。最初は絶対無理だと思ってたけど、だんだん平気になってくるもんだ。

今は資料集くらいなら割と気にならなくなってきた。スライドやプリントで、見たことない症状の画像が出てきても、冷静でいられる。テストの時も慌てなくてすむようになってきたぞ。

いける！　いける！

十ページ目

明日はマウスの解剖だって。

怖すぎるんだけど……。

マウスって哺乳類でしょ。カエルよりもずっと、なんていうか、生々しいというか。

マウスに刃物なんて私、刺せないよ。

でも、ダメだよね。

そんな気持ちじゃ勉強にならないもんね。

頑張らなきゃ。

手順を頭に叩き込んでおこう。

十一ページ目

やった！　すごい！

マウス解剖、できた！

資料集で慣れたのと同じように、真剣にやんなきゃって心がけてたら、冷静になれた。ここが肺で、ここが心臓でって……ちゃんと見ながらできた。

前日にしっかり予習しておいたのもよかったかも。

慌てずにできたもの。

カエルの時から考えたら、凄い進歩。

なんだか自信出てきたぞ。

どんとこい！　解剖！

十二ページ目

よく考えてみたら、友達だってみんな怖がってたんだよね。

資料集見て、目をそらしてたのは私だけじゃなかったし。ただ、私は特別怖がってたけど……。みんなちょっとずつ慣れて、やってるんだと思う。

そうだよ。最初からこれが平気な人なんていないよ。

勉強する中で、平気になっていくんだ。

ひょっとしたら私が今までに会ってきたお医者さんたちも、最初は怖がっていたのかもしれない。

そう考えたら、やれる気がしてきた。

一歩、一歩。

進んでいくぞ♪

十三ページ目

もうすぐ人体の解剖が始まる。

亡くなった方の遺体を、遺族の方が提供してくれるのだ。

私たちの勉強のために。

本物の人間を解剖するなんて……怖いよ。

カエルやマウスとは全然重みが違うもの。

みんな、緊張しているようだ。

十四ページ目

班分けが行われた。私はB班。人体の解剖はこの班単位で行うようだ。一つの班に死体が一体ずつ、メンバーが四人。今日は足、今日は手など、パーツごとに解剖を行っていくんだって。

私の班には、かなりスプラッタなものも平気な男の子がいるので頼もしい。助けてもらいながらやっていこう。

とにかくまずは、手順をしっかり頭に叩き込もう。

解剖図鑑を何度も見る。

解剖図鑑には人体の構造が細かく描かれている。皮膚、筋肉、血管、神経。かなりリアルだが、今の私は大丈夫。昔だったらこれでも怖かったかもしれない。

うーん。でもこれ、絵だからなあ。

実際に目の当たりにするのとはやっぱり違うと思う……。

十五ページ目

人体解剖をした。

やっぱり、怖かった……あと、何というか、ちょっと重い雰囲気だった。

でもみんな勉強しなきゃ！　という気持ちでいるのがわかったし、そのせいか緊張感があって、最初のカエル解剖みたいに取り乱しはしないですんだ。

独特の触感とか、匂いはやっぱり、怖い。

十六ページ目

解剖二回目。

今日は足。

何だろう……この感覚。資料集に慣れてきた時もそうだったけど、あるところから急に平気になってくる。まだ緊張はするけど、初回とは全然違う。

マウス解剖の時くらいの緊張感で、今回はできた。

足の筋肉は結構ややこしくて、難しかった。あと、実際に開いてみると解剖図鑑とは違う部分もあったりするので戸惑う。先生はそういう例外はつきものだと言っていた。

人間の足をバラバラにしている。足だけがバラバラにされている全裸の死体が、私の前にいる。

その時はそんなに怖くなかった。

でも帰って思い出して、なんか震えた。

十七ページ目

男の子が冗談を言ったけど、正直引いた。

スーパーの骨付き鶏肉って、人間の足の肉とそっくりだよなとか。

そういうこと言うなんて信じられない。

十八ページ目

怖い。

十九ページ目

本当だった。スーパーの精肉売り場に行って、骨付きの鶏肉を見た。パックに入って売られていたそれは、本当に人間の肉に似ていた。

ある意味当たり前なんだろうけれど。どちらも肉ではあるし、そんなに大きな構造上の違いもない。似ていないわけがない。

でも、似ていて怖かった。そっくりだった……。

よく考えたら、今までに精肉売り場で怖いと感じたことなんてなかったんだよね。あんなにカエルの解剖は怖かったのに。お刺身を見ても平気だし、ひき肉とかも別に何とも思わない。どうして今までは平気だったのかな。

なんでなんだろう……。

とにかく、頭の中で解剖の時の映像が、お肉と繋がってしまったのが、凄く嫌。

なんでなのかうまく言えないけど、嫌。

なんか怖い。

どうしてあの男の子、平気なの？

二十ページ目

解剖が終わった後に、解剖図鑑を見る。例外があるとはいえ、やっぱり人間の体は人間の体だ。基本的にはちゃんと、法則通り。お風呂で自分の体を触って見たりもする。ここに大腿四頭筋があって、ここに大臀筋がある。

人間の体だ。

解剖は本当に勉強になるって思った。

自分の体も含めて、客観的に人体を理解できているのがわかる。

ちゃんと、勉強しなきゃ。がんばろう。

二十一ページ目

解剖を何回もしていると、みんなも慣れてくる。

最初はミートソースが食べられなくなったよねと、友達は言った。でも、その子は一緒にパスタ屋に行った時に、平気でミートソースを食べていた。

凄くわかる。

その気持ちが。

私は、フライドチキンが食べられなくなった。

あの男の子の冗談を聞いてから、フライドチキンを見ると、思い出してしまうのだ。大好物だったのに。

あの、肉の部分をかじり取る時にぷちぷちとちぎれる繊維状のお肉の感じとか、骨の表面の質感とか、ところどころ赤く血合いのような部分がある感じとかが……あまりにも、そっくりで。

一時期は本当に食べられなかった。

そして私も今は、平気になった。友達と同じように、慣れたのだろう。

フライドチキンは再び大好物になった。それどころか、解剖をしている間にフライドチキンを連想して、今日は帰りにチキン屋さんに寄ろうかな、などと考えてしまうようになっている。

平気になってる。

どうしよう、平気になってる。

二十二ページ目

電車の中で、薄着の人を見ると、内部の構造がすっと頭に浮かぶ。

僧帽筋がずいぶん発達している人だな、とか……そんなこと考えちゃう。

私、昔は人体模型を見るだけでもギャーギャー怖がる子だったよね……？

客観的に見るって、こういうことなんだ。勉強するって、こういうことなんだ。

二十三ページ目

性器周辺を解剖した。

男性器を見るのは初めてだったけれど、解剖図鑑で何度も見ていたし、何とも思わなかった。こうなっているんだ、なるほどね……という感想が正直なところ。

確かにこういうつくりなら、ここから精液が出るよね。納得。

人間の体って良くできてる。

二十四ページ目

電車の中に凄くカッコいい人がいた。

でもあの人にも、やっぱりあそこに性器がついてるんだよね。で、精巣があそこにあって、前立腺がある。そして精液が出る。うん。

なんかもう、道行く人が全部人体模型みたいっていうか、内臓が透けて見えるような気分。実際には見えやしないけど、なんていうか、肉体って感じ……。

精肉売り場に行った時の感覚も、違う。

レバー。肝臓ね。肝臓を解剖して取り出した時の感触や、色や、質感が頭に浮かぶ。

そして焼肉屋で食べた時の味も。全部が繋がって理解されて、変な感じ。

ああいう場所にあって、この臓器と繋がっていて、こんな機能があり、こういう感触で、こういう味。

何も知らずにレバー買ってた時って、どんな気持ちだったっけ？

二十五ページ目

私たちとは別の班のメンバーが、学校に来ていない。

どうしたんだろう？　何だか教授が深刻な表情をしている。何か問題が起きたって噂を、友達から聞いた。

二十六ページ目

A班のメンバーが、全員退学になった。

何があったんだろう。

二十七ページ目

信じられない。

Ａ班のメンバー、解剖用の人体で遊んだんだって。

確かにちょっとチャラいっていうか、ふざけがちな人が揃ってたけど……。

何人かは酒も入ってたみたい。

何をやったかって、死体の腸を引っ張り出して、それで縄跳びしたとか。ふざけて一人が、これって縄跳びみたいだよなと言い、他の一人が実際にやってみようとした。悪ノリは止まらず、二人が腸を回して、二人が飛ぶという、長縄飛びみたいなことをやろうとしたらしい。

教授はカンカンだった。同時に、凄く悲しそうな顔をしていた。

私は縄跳びの光景を想像するとショックで、何も言えなかった。

二十八ページ目

私たちはいつも通り勉強をして、解剖をする。

何だか最近、少し怖い。あの腸の話が頭から離れない。

二十九ページ目

私たちは絶対、そんな死者を冒涜するようなことはしない。それは間違いない。ほとんどの人はやらないだろう。

でも、退学になった彼ら……その根っこにある感覚には、ちょっと覚えがある。

彼らの中では……人体が。肉が、内臓が、皮膚が、性器が、骨が、筋肉が……モノになってしまったのだ。

畏怖の念を持つべきものでは、なくなったのだ。

精肉売り場でパックに詰まった肉を見ても、いちいち怖がらないのと同じ。グラムいくらで売られている肉は、モノだからね。いつも扱ってると、だんだんモノになっていくんだ。

刺身だって、生きたままの魚を切り殺して、その死体を出す料理だ。でもモノだからね。残酷とか可哀想とかでなく、食欲を感じるのが普通ってことになってる。

A班の人たちは、ただ遊ぼうとしただけなんだ。ちょっと悪い遊びがしたかったんだと思う。それは神社で立ちションをするとか、食べ物を投げ合って遊ぶとか……そういう、不謹慎で、良くない遊びと同じ感覚だったんじゃないか。

つまりその、A班の人たちは、退学になるほどのことじゃないと思っていた……。

そんな気がしてならない。

私もどこかで、その気持ちが理解できる。

私の中でも、ちょっとずつ、何かがモノになっていく気がするんだ。どんどん、どんどん、私が変わっていくんだ。

理性や常識がきちんと私を押しとどめているけど、本能ではモノとして見ている自分を、時々発見するんだ。電車の中で、精肉売り場で、日常の色んなところで。

三十ページ目

人体を切開するたびに怖がって泣いてたんじゃ、医者なんてできない。

たくさんの患者さんを診るためには、ある程度機械的に……モノとして見ながら仕事することだって大事なんだ。そういうことだと思う。

だから勉強するにつれて、私たちには人体をモノとして見る技術がついていく。

でも、モノとして見るバランスを崩してしまったら……。退学になった彼らのように、常識が壊れてしまったらどうしよう。

それに自分で気付けなかったら？

怖い。
医者になって、患者をモノだと思っている自分を想像すると怖い。
怖い。
医者に行って診察してもらうとき、私をモノとして見ている医者の目が怖い。
怖い……。

Ｒの詩集

一ページ目

神様どうして私は生きていなければならないのですか
こんな思いをして生き続けるくらいなら
いっそ死んでしまいたいです
今日も鏡を見て事務的に眉を描きます
そこに映っているものが顔だと認識しないように気を付けて

二ページ目

会社の男性と廊下ですれ違うたび
あからさまに目をそらされるのがわかります
女性は私を見て笑います

悲しいです

三ページ目

一人ぼっちで昼ご飯を食べます
友達と一緒だと疲れます
友達はみんな綺麗だし
みんな私を引き立て役にするために友達でいるような気がします
気にしすぎでしょうか
でもそんなことを考えながらみんなとご飯を食べるよりは
一人の方が気が楽です

四ページ目

テレビドラマを見ると泣いてしまいます
お互いに信じ合う素敵な恋愛　見ていて羨ましいです
でもテレビを消すと現実に引き戻されます
あれは私とは関係のない話です

結局は顔が全てです
あのドラマだって美男美女の俳優同士だからあり得るわけで
片方が不細工だったら恋になんて落ちません
子供を産んで家族を作るのが女の幸せだと誰かに聞きました
じゃあ私は一生女の幸せを得られないのでしょうか
とても辛いです

五ページ目

プリクラを私物に貼ったり、記念写真を撮ったりする人が理解できません
あれはきっと自分が可愛いと思えるからできるのでしょうね
私のような不細工はできるだけ自分の顔を思い出したくありません
あんなものが自分についていることを
理解したくないんです
私は写真に撮られたくないし
自分の顔が写っているものなんか見たくもない

六ページ目

新しい化粧品を買ってみました
キラキラ魅力的な笑顔になれるという商品です
使ってみてから鏡に向かって微笑んでみました
鏡に映るいびつな物体が歪み、より醜悪になりました
思わず目をそむけました
ブスは何やってもブス

七ページ目

給湯室で男性社員が話しているのを聞いてしまいました
この会社で誰か一番不細工かを話しているらしいです
嫌な話題
私の名前も出ました
どうせ出るだろうと思っていたから、何とも思いません
一人だけ、かばってくれた人がいました

あの人地味だけど、ちょっと工夫したら化けると思う
だそうです
まあそうやってかばうのも、いい人アピールの一環でしょうね
本気で言っているわけがありません

八ページ目

このまま男性とデートすることもなく死ぬのはとても悲しいです
いっそ出会い系サイトでもやってみようかと思いますが
怖いのでやめました

九ページ目

処女卒業しました
ちょっと信じられません

十ページ目

まだ心臓がどきどきしてます

あの時のことを思い出すと、顔が赤くなります
信じられません
出会い系サイトに登録したら、本当に出会えました
私なんかと会いたい男は一人もいないと思っていたのに
そのままホテルに行き、エッチをしました
男は私に目隠しをして野獣のように私を犯しました
何度も何度もして、私が眠っている間にいなくなっていました
確かに男は私に欲情していました
私なんかに欲情していました
私は今まで大きな勘違いをしていたのかもしれません
ちょっとは魅力があるのかも

十一ページ目

出会い系で会った彼氏から全然メールが返ってきません
きっと忙しいのだと思います
でも私は一応彼女ですよね？

付き合ってますよね
はっきりと「付き合おう」とは言われてませんが
エッチしたのだからそうですよね
返事くらいくれてもいいのに
まったく
だけど、私に魅力があるなんて、彼氏ができるなんて
なんだか不思議な気分だなあ

十二ページ目

鏡に笑いかけてみました
思っていたよりも可愛い気がします
お化粧を念入りにしてみました
より可愛くなったと思います
魅力があるのなら、ちゃんと化粧しなくちゃ勿体ないよね

十三ページ目

今までは下を向いて歩いていたけれど、これからは堂々と歩きます
私を不細工だと思う人もいるでしょうけれど
私に魅力を感じる人だっています
私の魅力をわかってくれる人のためにちゃんと前を向かなきゃ
電車の中で正面の男性と目が合いました
男性はさっと目をそむけました
不快なのかもしれないけれど
ひょっとしたら私がまぶしく見えたのかも
それにしても彼氏からは全くメールがきません

十四ページ目

新入社員のO君の態度が、ちょっと気になります
私に書類を渡す時だけ少しそっけないのです
他の女性社員に渡すときは世間話などするのに

これはどう解釈したらいいのでしょうか
今までは私が嫌いだから、そういう態度なのだと思っていましたが
ひょっとすると私が気になっているのかもしれません
そう、恥ずかしがっているのかも
そういうところはシャイで可愛いと思います
もし私に好意を持っているのだとしたら
私から動くべきかもしれません
もちろんまだ好意を持っていると決まったわけではありませんが
その可能性はありますし
確かめてみないと

十五ページ目

朝、廊下でO君に会いました
ためしに笑いかけてみたところ
眉をひそめて、慌てて立ち去っていきました
可愛いリアクションでした

心なしか頬が赤くなっていたようです
何となくですが、やはり好意を持たれているのだと思います

十六ページ目

わざと胸の谷間が露わになるような服を着て会社に行ってみました
Ｏ君が一瞬私を見て、すぐに目をそらしました
でもその前に私の胸に視線を向けたのがはっきりわかりました
やっぱり間違いないと思います
Ｏ君は私が好きなんです
その証拠に、隣の子の胸は見ようとしてなかったように思います
どうしよう
今までＯ君が私を好きだなんて考えたこともなかった

十七ページ目

どうしよう
私には彼氏がいるのに、Ｏ君のことが気になってしまいます

正直O君はそんなに背も高くないしイケメンでもないです
でも純情だし、私のことを凄く一途に思ってくれています
そんなO君の気持ちに応えたいって思います
一回エッチしたきりでメールも全然返してくれない彼氏なんかより
O君と付き合いたいです
彼氏に別れ話をするべきかな

十八ページ目

彼氏に別れたいってメールしたのですが、送信失敗しました
メールアドレスを変えたのか、メール拒否してるみたいです
何か機嫌でも損ねたのでしょうか
それにしてもいきなりメールを拒否するなんて変わった人です
まあいいや
この人とはもう別れたってことにしていいと思います
後から連絡をくれたとしても相手にしませんから
私にはO君がいますからね

十九ページ目

今考えると、前に給湯室で「一番不細工な女」について男性が話していた時、私をかばってくれたのはO君だと思います
実際に顔を見たわけじゃありませんが
声が似ていましたし
そのころから私を好きだったのでしょう
そうとしか考えられません
これだけ愛されているのだったら
私も行動しないとO君に悪いですよね

二十ページ目

今日話して確認したのですがO君には彼女がいるそうです
学生時代からずっと付き合っているとか
それを聞いてようやく謎が解けました
O君は私が好きなのに、今まで告白してこなかったのは彼女が邪魔をしていたから

なのでしょう
学生時代からの腐れ縁で、別れたくても別れられず
一人で悩んでいたのだと思います
可哀想なO君

二十一ページ目

恋愛は本人の気持ちが一番大事だと思います
O君が私を好きである以上、O君の彼女がとやかく言うのは筋違い
O君にとっては私の方が魅力的なのだと思います
それは仕方のないことです
しかしそれをはっきり今の彼女に言えないO君もどうかと思います
ちょっと頼りないですね
だけど私の方が年上なのだから仕方ありません
私が別れさせてあげるしかないのだと思います
手間がかかるO君
でもそんなところも母性本能をくすぐられる感じで嫌いじゃないです

こっそりＯ君の携帯電話を盗みました
これで彼女の連絡先がわかります
明日までに返さないと

二十二ページ目

やっとＯ君を彼女と別れさせることに成功しました
彼女に何度も何度も、Ｏ君が本当に好きなのは私だと電話した甲斐がありました
そんなはずはないと何度も言われました
頑固で聞き分けのない女だった
きっとＯ君も苦労しているのでしょう
それなりに苦労しましたけど
結果的にはよしです
彼女はノイローゼになり実家に帰ったようです
ざまあみろ、現実を見ろ

二十三ページ目

会社でO君は茫然としていました
たぶん彼女が急に実家に帰ってしまい、私と付き合う障害がなくなったので
びっくりしてしまったのでしょう
いきなりでどうしたらいいかわからなくなったんだね
相談に乗ってあげなくちゃ

二十四ページ目

O君と一緒に飲みにいきました
O君はなんだか魂が抜けたようになっています
私と一緒にいるからってそんなに緊張しなくてもいいのに
O君は口を開けば彼女の話ばかり
心配だとか、イタズラ電話があったとか
そんな話はしなくていいのに
前置きなしですぐに私に迫ってきていいのに

慎重なんだと思います、草食系男子ってやつでしょうか
もっと素直になってほしいな
こうやって二人きりの場所までセッティングしてあげたんだから
世話がかかるなあ
可愛いけど

二十五ページ目

ついにO君と結ばれました
とても幸せです
O君はぐったりして寝ています
私は夜に一人、これを書いています
素敵な夜です
結局O君はいつまでたっても勇気が出せなかったらしく、最後まで私に告白しようとはしませんでした
こうなったら私から誘うしかありません
私はO君のお酒に薬を入れてあげました

酔いつぶれたO君を家までタクシーで運び、ベッドに縛り付けました
O君の酒癖が悪いかどうかは知りませんが、暴れられたりしたら怖いので
女性なので身を守るためには仕方ありません
O君の服を全部脱がして、私も全部脱いで添い寝しました
O君の心臓はとてもドキドキしています、私もそうです
O君の意識が戻ってから、私はO君と愛し合っていることを伝えました
O君は動揺し、驚いたせいか泣き出してしまいました
緊張のせいかあそこも勃起しませんでしたが、私が時間をかけて愛撫すると最後に
はきちんと立ちました
エッチの間はO君はぼうっとするばかりで、私がずっと腰を動かしていました
あまり経験がないんでしょうね
私は経験があるので終始リードしてあげました
O君はやめてやめてと叫びました
恥ずかしいのでしょう、なんだか女の子みたいですね
何度か中出ししました
私、O君の子供妊娠したいな

二十六ページ目

Ｏ君は泣いてばかりいます
何も心配することはないのに
私はずっと一緒にいます、浮気はしないし、心変わりもありません
他の男に取られないか心配しているのかな
大丈夫だよ
Ｏ君はずっと私の家にいていいからね
外に出ないでね、出さないけど
私が稼いでくるし、ご飯も全部用意するから
身の回りの世話は全部してあげる
だからずっと一緒だよ
ずっと一緒だよ

二十七ページ目

永遠に一緒だよ

何があっても絶対に離さないよ
絶対にね
絶対に
絶対に離さないから

Bの遺書

こんにちは。

これは、遺書です。私はほぼ死んだと同じ状態になったと思いますので、遺書を残すことにしました。あて先は、あなたです。

あなたは多分とてもいい人だと思います。私なんかが書いたこの文章を読んでくれているというだけでも、相当心が広く、理解力があり、優しい方だということがわかります。私には、わかります。

これは、あなたに向けた遺書です。すみません、いきなりこんな手紙を受け取っても、困りますよね。だからこの先は、もしよければ読んでください。嫌なら破り捨てていただいて、結構です。

いきなり読んでくださいといっても、私のことをあなたは全然知らないと思います。なので、私のことについて説明します。

どこから説明したらいいでしょうか。最初ですが、ええと、最初はですね、ええと……そうだ、絶対音感ってわかりますか。

聞いた音の音名……ドレミファソラシドとかですね、それが即座にわかるという能力です。あなたには絶対音感はありますか？　あるのであれば、話が早いのですが……。とにかく私には絶対音感があります。

もともと、母がピアノが大好きでした。そして、私も小さなころからピアノを習っていました。私の通っていたピアノ教室の練習にですね、音当てクイズというのがありまして……先生がピアノの鍵盤を一つ、押すんです。その音を聞いて、何の音か言い当てるんです。それは「ド」だとか、「ファ」だとか、「レのシャープ」だとかですね。私はこの的中率が、百パーセントでした。ええ、間違えた記憶がありません。「ドレミファソラシド」という名前と、その音の高低がきっかり頭の中で合致していました。旋律を一度聞き、楽譜を見ずに弾くということも、早くからできました。

絶対音感なんですが、凄く便利ではあります。少なくともピアノの上達は、他の子供たちよりかなり早かったです。先生も褒めてくれましたし、私もそれが嬉しくて、ピアノにのめり込んでました。もっとうまくなろう、もっと音を理解できるようになろう、もっと音と親しもうと意識し続けていました。今思えばそれが悪かったんでしょう。そうに違いないですと思います。なんだか文章が変ですみません。考えがまとまりにくくて……今も、四苦八苦して書いています。ごめんなさい、ごめんなさい、ごめんなごめんなごめんな。


落ちついて、書きます。

その、最初はですね、ピアノの音だけにしか絶対音感が働かなかったんです。私がピアノをやってたからですかね。だからバイオリンだとか、フルートだとか、そういう音は対象外でした。そんな時にですね、友達がリコーダーを、ほら小学校で使う笛ですよ、あれを吹いてですね、音が当てられるかと私を挑発したんです。私はピアノの音当てが大得意でしたから、挑戦されたんです。

あの友達がいなければ、私はこんなことになっていなかったかもしれませんね。今となってはもう遅いですが。

私も子供だったので、音を当てようと頑張りました。リコーダーの音色はピアノとは少し違いますが、すぐに、音高がわかるようになりました。ほとんど努力も必要ありませんでした。どの音かな、と意識するだけで良かったのです。その子が吹けばすぐさま「ラ」ですとか「ミ」ですとか当てて、みんなの喝采を浴びました。私はもっと凄い音当てができるようになりたいと考え、他の楽器でも試すようになりました。クラシックのテレビ番組を見ては、バイオリンの音高を追い、フルートの音高を追いました。意識して理解しようとするだけで、面白いようにわかるのです。楽器の音を聞くたび、音高を考えるような日が続きました。

そのあたりから、私の絶対音感の才能がぐんぐんと伸びたように思います。小学五年生くらいになると、三、四人のクラスメイトが同時に吹いたリコーダーの音を、個別に全部当てられるようになりました。私は鼻高々でした。みんなが私を凄い、凄いと言いました。

今も覚えています。その時、私は初めて嫌な予感を覚えました。スゴイ、スゴイ。スゴイ、スゴイ。その声が……ファ、ソ、ミ、ファ、ソ、ミと聞こえたんです。ほんの一瞬でしたが。

ぞくりとしました。

それから私の世界が壊れ始めました。

鉛筆がことりと落ちる音が、ミに聞こえ、椅子のきしみがラのシャープに聞こえました。わかりますか？　想像できますか？　テストを解いていると、鉛筆と紙の間からレ、レ、レ、レ、レ……と聞こえてくるんですよ。給食の時間、フォークと皿がぶつかるたびにドとか、シとか、ファが不規則にあちこちを飛び回るんです。気になって、気になって仕方がなかったです。

だんだん成績が落ち始めました。

だって授業に集中できないんです。先生が黒板にチョークで書くたび、音階という別の概念が頭に入ってきます。意味のわからないことを呟き続ける人が、そこら中に立っているような感じです。もちろん頑張れば集中はできますが、大変でした。しんどかった。

私はピアノをやめました。もう音階で音を聞きたくなかったんです。しかし、それは間違いでした。ピアノをやめるとか、そんなことは関係なかったんです。最初から、世界は音であふれていたんです。

私の能力は、もう制御不能になっていました。

例えば道を歩くとします。車が通り、風が吹き抜け、駅からは電車の発車音が聞こえます。自転車のベル、ヒールの靴音、電話の着信音、ビニール袋がかすれる音……そして、人々の会話。数え切れないほどの音が、ごうごうと私に押し寄せてきました。

でたらめな音が並んだ楽譜が、頭の中にいくつもいくつも浮かんでは消えていきます。音が、恐ろしく感じました。

耳を塞いでもだめです。音はその間をすり抜けてきます。視覚は目をつぶれば消えますが、聴覚は消せません。耳栓をしてみても、無駄です。私の内部の音は消えません。心臓が拍動する音、歯と歯が噛みあわされる音、耳栓と皮膚がこすれる音ですら、音高としてしか耳に入らなくなりました。

悲鳴を上げました。

悲鳴は、高音のミでした。


音階なんて、知らなければ良かったんです。音の高低が聞き分けられたって、その音の名前を知らなければ、こんなに苦しまなくて済んだように思います。でも私は音階を知ってしまいました。音につけられている名前を、ドレミファソラシドという名前を、知ってしまいました。名前のつけられた彼らは、執拗に私に区別を要求します。どんな種類の音であっても、その名前を私に思い起こさせようとするのです。

やがて、それは現実の音に限った話ではなくなりました。

あなたは、文章を読む時、どうやって読みますか。文字を見て、頭の中で理解する。それだけのことかもしれません。その過程を考えてみたことはありますか。私はこうなってみて、初めてわかりました。人は文章を読む時、頭の中で音読しているのです。

もちろん口には出しません。が、言葉には音があります。その音を頭の中で一度、発音しているのです。例えば「はし」という同じひらがなの組み合わせでも、「箸」と「橋」では発音した時のアクセントが……音の高低が微細に異なります。私たちは文字を読む時、その音を脳内で再生して、初めて理解しているようなのです。

もちろん個人差もあるでしょうし、誰もがそうだとは言い切れませんが……。

私に関しては、間違いなくそうでした。

なぜなら、頭の中で音が流れ始めたからです。

何を読んでも、その言葉の音が、音階上の記号に変わるんです。「クリーニング」という看板を見れば、レミミドシシと音が踊ります。駅で路線図を見ても、精密機械の取り扱い説明書を見ても、携帯でメールを見ても、小説を読んでも……。

私にとって、全ての文字が音になってしまいました。

頭の中で音を再生しないようにと、気をつけて読むことも考えましたが、そうするとどうしても文字の上を目が滑り、頭に入って来ないのです。

さらに、恐ろしいことが起きました。

あなたは、ものを考える時、どうやって考えますか。喉が渇いたから水を飲むとか、そういう単純な思考ではなく……例えば、明日までに理科のレポートを完成させなくてはならず、そのレポートの題材は今までの授業の中から一つ任意で選ぶ、というようなものです。

どうやら私は、少し複雑なことを考えるとき、必ず文字にしてから考えているようです。頭の中で、「理科のレポート」「題材」「どれにしようかな」「簡単そうなのはどれだろう」などと、文字……言葉が浮かんでいるんです。私にとって、文字は音であることはすでに説明しました。

わかってもらえるでしょうか。

思考が、音階になってしまったんです。

何を考えても、頭の中で音が踊り続けるんです。

家族や友達から見ると、私は物凄く変わってしまったように思えたでしょう。なぜなら、ほとんど会話することもなくなり、話しかけても頓珍漢な回答しかしない、もしくは無視するのですから。成績は急降下し、単純な読み書きにすら莫大な時間がかかり、視点は定まらず、常にきょろきょろしている……。

私はそんな状態でした。

義務教育にはついていけなくなり、学校には行かなくなりました。家にずっと引きこもり、与えられる食事をただ食べ、たまに病院に行くということを繰り返しました。しかし、私は別におかしくなったわけではありません。ただ、音の洪水に全身を飲まれながら、必死でもがいていたのです。ドレミファソラシド、その概念によってつくられた檻の中に、私はいました。思考が定まらないんです。ちょっとでも油断すると、そっち側に引っ張られてしまうんです。

音高を無意識に頭で追いかけるうちに、会話も、思考も、何もかもが霧のように消えていってしまうんです。集中できない。ただ、それだけです。

それ以外は、私は完全に正気でした。

ただ、誰にも理解されませんでした。

一人で、音と闘っていました。

思考が音に変わってしまうと、この世が全て音でできているような気分になります。

あのコップもこの机も、壁も天井も床も、人間も動物も空気や水でさえ、それらは全て小さなドレミファソラシドの組み合わせで出来上がっているのではと感じました。それらがぶつかったり、こすりあわされると、ドやミがはじき出されて外に出てくる。それが音なのかもしれないと、本気で考えました。ガラスの食器を落とすと、粉々に砕けてたくさんのラが飛び出します。それはガラスがラという音で作られているからだと思いました。

この世にはたくさんの音があります。人間の耳で聞こえない音もあるでしょう。それらがそこら中を飛び回っていて、その渦の中で私は生きているのだと思いました。食べた食事は体内で細かいミやレに分解されて、吸収されて血管の中を流れているのだと信じていました。私の心臓をナイフで刺したら、たくさんのドレミファソラシドがあふれ出して、あたりはたちまち音で充満してしまうのだろうと考えていました。体から音を出し続けていると、体内の音がどんどんと外に出て行き、やがては音の渦にすっかり溶けてしまうのだろうと思っていました。いっそ溶けてしまいたいと思い、叫んだり、体を叩いたりして、音を出していました。

鼓膜を破って、音が聞こえなくなってしまえばよかったかもしれません。しかし、もう無駄だと思います。私の思考はすっかり音に支配されていて、音なんて聞かなくても音が聞こえます。

最近はですね、逆再生すら起きるようになってきました。逆再生とはどういうことか、ですけど……。私にとって思考が音だという話はしたと思います。何か考えると、それがドレミに変換されて聞こえるということは、なんとなくわかるでしょうか。

それが逆になるんです。

音を聞くと、ドレミを聞くと、それが思考へ、言葉へと変換されるんです。

例えば木の葉が風でそよぐ、ざわざわと言う音。あの音は、「犯して産んで犯して産んで犯して産んで……」という思考として、私に伝わってきます。非常に性欲をかきたてられるメロディーです。波が寄せては返す音は、「溶けて。戻れ。寄るな。混ざれ。溶けて。戻れ。寄るな。混ざれ」の繰り返しで聞こえます。雄々しく、何かを強いるようでいて、子供のような無邪気な残酷さを含んだメロディーです。最悪なのは、日が沈む時の草原です。夕方特有の気温に、ゆっくりと日が沈む中、雑草が揺れ、虫や動物たちがゆっくりと眠りにつく音。これは……物凄い、断末魔の絶叫として聞こえます。

高音のミです。

ああ、疲れました。

ここまで文字を書くのに、ものすごく苦労しました。あなたが普段どんなことを考え、どんなふうに暮らしているのかを私は知りません。しかしおそらく、私はもう、普通の人間とははるかに異なる思考の世界に囚われてしまっているのだと思います。きっとあなたなら、これくらいの文章、すぐ書けてしまいますよね？　私はこの手紙を書くのに、ほぼ一年かかりました。私のいる音の世界と、あなたの世界は、それだけかけ離れているのだと思います。あなたの世界の言葉に翻訳するのに、一年がかかったということになります。

私はもう、音の世界にいます。

色々な音を聞き、その思考を感じながら、ただ生きています。周りには何人かの人間がいて、まれに私に何か言葉をかけてくれますが、その内容はほとんどわかりません。いえ、たぶん努力すればわかるのですが、それ以上に衝撃的な思考が音から流れ込んでくるので、そちらに注意を向ける暇がないのです。

他の人間の存在はわかりません。

しかし、無数の思考が聞こえてくるので、寂しくはありません。

他の人間は何を考えて、どんなことをして毎日生きているのでしょう。夢に向かって努力したり、仕事を一生懸命頑張ったり、恋愛をしたりして暮らしているのでしょうか。

私は全然違います。

海の殺意を聞いたり、虫が上げる絶叫を聞いたり、花が欲情する声を聞いて暮らしています。

私はもう、諦めています。他の人間のように暮らすことは、とっくに。昔は友達や家族と一緒の世界で生きていけたらと思うこともありましたが、今ではそういう感情すら消えてしまいました。音の世界では、共に暮らすという、そんな概念は存在しないのかもしれませんね。


最近、思うのです。

私はもう死んだも同然なのではないかと。

よく注意してあたりを見回せば、私はどうやら白衣を着て、どこかのベッドに寝かされているようです。定期的に人が来て食事を与えて、排便の世話をしているように も感じます。しかしそれは私にとっては、夢の世界のような現実味がない存在です。

私を取り囲んでいる現実は、音でしかありません。

つまりもう私は、あなたのいる現実には生きていないのです。

だから、遺書を書きました。

どんな意味があるかは自分でもよくわかりませんが……。

私がこんな状態にあるということを、誰かに知っておいてほしかったのだと思います。おそらく私の周りにいる誰もが、私のことを理解してはいないでしょう。私は発狂し、意識を失ってしまった人間だと思っていることでしょう。

それはある意味では正解ですが……でも、私は正気です。

ただ、向き合っているものが違うだけなんだと思います。

最初に音だけの世界に足を踏み入れた時は恐怖を感じましたが、今では慣れてしまい、何とも思わなくなりました。ここはここで、一つの現実なんです。

この遺書を書き終えたら、今までの現実にさようならをします。こっちの世界のことは全て忘れ、完全に向こう側に行き、戻ってこないつもりです。

さようなら、ありがとう。

もしこちら側の世界に来たい人がいれば、私の経験を参考にしてください。私には絶対音感という素養があったので簡単にこっちに来てしまいましたが、絶対音感がなくても来れると思います。一応その方法を、ここに書いておきます。

音階というものを知り、あたりから聞こえる音がどの音高なのか、常に意識しながら暮らしてみてください。ほら、今もどこかから音がしましたね。意外と、音はそこら中からしているものです。普段意識していないだけです。その音は、音階ではどこに当てはまるでしょうか。考えてみてください。それを繰り返してください。そして、無意識に音名を考えてしまうくらい、癖にしてしまえばいいのです。あとは勝手に現実の方が崩壊していきますから。

読んでいただき、ありがとうございました。

さようなら、ありがとう。

Tの日記

　七がつ　二十一にち　はれ
ぼくは、きょうから、にっきをつけます。
なつやすみの、しゅくだいです。
けいかくてきに、やりたいです。

　七がつ　二十二にち　くもり
ごごから、シロとさんぽにいった。
シロは、ぼくがなげたボールを、とるのがすきだけど、もってくるところまでは、
なかなかうまくできない。

七がつ　二十四にち　はれ

はくぶつかんに、いきました。

からだのなかみが、どうなっているのか、わかりました。

けんきゅういんのひとが、ショーをしていて、それがすごくおもしろかった。ぼくは三かいもみた。

ずかんを、かってもらいました。

おもしろいです。

七がつ　二十五にち　はれ

なつやすみの、じゆうけんきゅうは、からだのしくみについて、にします。

はくぶつかんがおもしろかったので、これをえらびました。

七がつ　二十七にち　あめ

きょうは、あめだったので、ずかんをよんですごしました。

となりのキッカワさんが、クッキーをくれました。

ありがとうございます。
あとシロにほねをあげた。

七がつ　二十八にち　くもり

ずかんで、いちばんおもしろいのが、目です。
目目目目目目目目目
目目目目目目目目
目目目目目目目目目

このかんじは、かけるようになりたい。れんしゅうしました。
目は、とにかく、きれいです。
まるくて、すきとおっているところがあり、すこしぬれています。
かくまく、すいしょうたい、けつまく、などの、ぶぶんがあるようです。
こんなきれいなものを、みんな二つずつもっているなんて、すごいとおもった。

七がつ　二十九にち　はれ

はくぶつかんのショーで、みたのは、レンズでした。

レンズのぶぶんを、とりだして、みんなにみせていた。まるくて、ガラスだまのようでした。ピカピカ、かがやいていました。ぼくのもっている、どのビーだまよりも、きれいだと、おもいます。いちばんきれいな、ほしのやつより、きれいなので。

七がつ　三十にち　はれ

となりのキッカワさんと、はなしはじめると、おかあさんのはなしは、ながい。ぼくは、キッカワさんのうばぐるまのなかの、あかちゃんに、へんなかおをしていました。

七がつ　三十一にち　はれ

レンズについて、ずかんでしらべました。
レンズは、にんげんのからだで、いちばん、すきとおっているところです。ほとんどは、みずで、できている。いつもは、たまのかたちなのですが、よこにあるきんにくが、ひっぱるので、レンズのかたちになるようです。
はくぶつかんでみたレンズは、たしかに、たまにちかいかたちでした。

八がつ　一にち　くもり

レンズは、ほとんど、みずでできている、というのが、ふしぎです。
レンズだけとりだして、ほおっておくと、かわいて、しぼんでしまうそうです。
ほんとうなのか、きになります。
ためしてみたいです。

八がつ　二にち　はれ

シロがいなくなりました。かなしいです。

八がつ　三にち　くもり

シロがかえってきません。
おかあさんは、えさをよういして、まっています。
ぼくはしりません。

八がつ　四にち　はれ

たしかに、レンズはほおっておくと、しぼんでしまうことが、わかりました。ほんとうにきれいだった。

もうしぼんでしまったけど、シロのレンズは、たからものにしようとおもいます。目をほうちょうで、とりだしたあと、レンズだけぬきだすのがむずかしかった。ちを、よくあらうと、とうめいなレンズがでてきます。すごくきれいだった。

八がつ　六にち　はれ

まいにちあつい。

おかあさんと、キッカワさんは、またながばなし。

八がつ　七にち　くもり

はくぶつかんに、もういちどいきました。

けんきゅういんではなく、じむいんさんだそうです。

まえにみたレンズは、うしのレンズだと、おそわりました。

シロのレンズより、おおきかったような、きがします。

おおきい、いきもののほうが、おおきいレンズなのかもしれない。

八がつ　八にち　はれ

よくわからない。

八がつ　九にち　はれ

にんげんのレンズは、シロとおなじくらいです。うしよりは、ちいさいです。

おおきいとおもったのだけど、ちがった。なぜかわかりません。にんげんが、ちいさかったから？　ほねのかたちが、ちがうから？

でもきれいなのはおなじです。ほんとうにきれいです。

これもたからものにします。

シロよりも、とりだすのは、かんたんでした。

うるさかったけれど。

となりのキッカワさんの、あかちゃんが、いなくなりました。

キッカワさんが、ぼくに、なにかしらないかと、ききました。

しらないと、いいました。
ごめんなさい、キッカワさん。

　八がつ　十にち　くもり

レンズはにんげんなら、みんな、おなじおおきさなのだろうか。
わかりません。
たしかめてみたいです。
キッカワさんのレンズがほしいです。

　八がつ　十三にち　はれ

もうすこし、せがのびないと、キッカワさんのレンズをとるのはむずかしそうだ。
せのひくい、トモコちゃんならできるだろうか。
でもトモコちゃんはきっと、いやがる。
むずかしい。

八がつ　十四にち　あめ

かがみをみていて、きになります。
ぼくのレンズは、どんなレンズなのかな。
きになります。

八がつ　十五にち　くもり

レンズのかたちは、ひとによって、ちがうのかな。
しらべたいことがたくさんある。

八がつ　十六にち　はれ

ぼくのレンズは、あかちゃんのレンズと、かたちもちがうんだろうか。

八がつ　十七にち　はれ

ぼくのレンズがみてみたい。
かがみをみたかんじだと、たぶん、すごくきれいな、きがします。

かがみをみるたびに、ぬきとってみたくなる。
でもたぶん、いたいとおもう。
いたいのは、いやだ。

八がつ　十八にち　はれ
ぜったいにいたいと、おもいますが、どうなのかが、わからない。
どうしてもみてみたい。

九がつ　二十三にち　はれ
たいいんした。
いたかった。

九がつ　二十四にち　はれ
つぎは　みぎ。

Mの日記

七月十一日
私には癖がある。この日記には、癖のことも全部書いていこうとは思う。
あーあ、彼氏欲しいなー。

七月十二日
私の癖を知った人は、みんな気持ち悪いとか、不潔とか言う。
友達は、彼氏ができないのは癖のせいだとか言う。
そんなことないと思うけどねー。
でも、本当にそうだとしたら、癖はやめるべきなのかな。彼氏か癖か、二者択一。
難しい選択だ。
でも別に不潔じゃないと思うけどなー。最近は一日に三回くらいお風呂入ってるもん。すごい清潔だよ。ま、他にやることがないだけですけどね。

パンツを脱いで、匂いを嗅いでから洗濯機に放り込む。

今日の入浴剤はラベンダーの香りにした。

七月十三日

やば。今日、家から一歩も出てない。

自宅でできる仕事だとこれがネックだよねー。

いや、楽でいいんだけど。そういや朝からずーっとパジャマのままだ。

女として死んでると言われても、何も反論できないなー。

七月十四日

あーあ。結局徹夜しちゃった。ただいま、朝の九時です。世の中の人は働き始める時間かなあ。私はこれから寝ますけど。

えーと、結局まる一日と数時間、パンツ換えてないことになるのか。これはちょっと楽しみかも。

お風呂に入ろう。パンツを脱いで、匂いを嗅いでから洗濯機へ。

やっぱり一日熟成した匂いはいい。

今日の入浴剤はフローラルの香りにした。

七月十五日

うあー。そういえばここしばらく掃除してないよー。今日は徹底的に掃除をした。洗濯機にシーツも枕カバーも全部つっこんで洗い、布団は干す。やっぱりきちんと掃除すると気分いいなあ。

タオルケットだけは洗濯機に入りきらなかったので、洗わないことにした。良かった。

七月十六日

昨日入りきらなかったタオルケット、洗うべきだろうか。

私はいつもタオルケットを全身に巻きつけるようにして眠るので、私の匂いがこびりついている。惜しくてたまらない。

それでも洗わないといけないかー。不潔だもんなあ。

一時間ほど悩んだ後、歯を食いしばりながら洗濯機に入れた。

正直、凄く辛かった。泣きそうになった。

我ながら、ちょっとキモイ。

七月十七日

うわー、最悪。

すっごい寝不足だ。

結局昨日は全然眠れなかった。原因はわかってる。タオルケットを洗ってしまったせいだ。寝床からは私の匂いがまったくなくなってしまい、全然落ち着かない空間になってしまった。

寝ようとしても、何だか目が覚めてしまう、その繰り返し。おかげで今日は全然仕事に身が入らない。やっぱり洗っちゃダメだったんだ。

ひじょーに後悔している。

七月十八日

今日は蒸し暑い。仕事をしていたら、脇にじっとり汗をかいていた。脱いで脇の部分の匂いを嗅ぐ。

うんうん、太ったおっさんが放っている体臭と、同系統の香りだ。こちらの方がだいぶ薄いとは思うけれど。濃さの問題で、きっと臭いを出す細胞には共通の性質があるんじゃないかなあ。

洗濯機に放り込みながら考える。

電車の中で隣の人から体臭が漂ってくるのは不快だ。でも、自分の匂いを嗅ぐのはちっとも嫌じゃない。いや、むしろ安心する。それが同じような匂いでも。

結局人間も動物ってことなんだよね。

犬とかと同じでさ、自分の縄張りを示す匂いが必要なんだよ。動物だって他者の匂いを嫌がるし、その結果他者の縄張りに入らない。

私が匂いに固執して、よく嗅いでるのは、縄張り意識が高いってだけ。ごくごく自然な行為。それを「変な癖」とか言う人の方が変だと思う。ていうか、誰でもやってるんじゃないの？

隠してるだけでしょ？

七月十九日

うあー、だめだ。

ここ数日でよーくわかった。やっぱり自分の匂いがしない部屋は辛い。仕事もはかどらない。

決めた。

私の部屋なんだし、自分の匂いを充満させよう。ここは私の縄張りだ。

私の自由にしよう。

七月二十日

私の匂いが強いのは、髪、わきの下、股間だと思う。昨日からこの部分を洗わないようにしている。たまに部屋の柱とか、毛布とかにこすりつけて、匂いをつけるのも忘れない。

ちなみに足とかはちゃんと洗う。歯磨きもする。足や口も臭うが、あれはただクサイだけ。あの匂いは許せない。

私なりのこだわり。

他の人は、また違うのかな？

七月二十一日

あー、癒される。自分の匂いはいいね。

いわゆるお花の香りなんかとは全然違うけど、落ち着くもん。一度嗅いで、どんな匂いだったか忘れたころにもう一度嗅ぎたくなる。その繰り返し。

最高の香水だね。

自分の体ながら、どうしてこんな匂いを出せるのか、不思議。

七月二十二日

すっごいことに気がついちゃった。

お花の香りって、要は生殖器の香りじゃん。だってお花って植物の生殖器でしょ。

そういえば麝香《じゃこう》とかもさ、シカの生殖器の近くから出る匂い物質だよね。

やっぱりいい匂いって、そういうもんなんだよ。

私の股間だって、香水なのさ。誰にも文句は言えまい。

うむ、正当化できた！

七月二十三日

頭を長いこと洗わないでいると、髪がねばねばしてくる。頭皮から出る油脂が、髪を覆い尽くしている感じだ。手でさわると、ヌタッと形が変わる。こりゃ、ワックスいらないね。髪でソフトクリームみたいな形を作ったりして遊んだ。髪からも、髪を触った手からも、猛烈な匂いがする。

七月二十四日

タオルケットがだいぶ黄ばんできた。少し表面の繊維が湿っている。私の体から出た色んなものが、しみついている。匂いを心の底から味わうため、顔にタオルケットを巻きつけるようにして眠る。

七月二十五日

布団だけでなく、部屋中に私の匂いがする。あたり一面に私の油脂だとか、分泌物だとか、垢だとかが付着している。抜けた髪の毛や、陰毛が散乱している。頭をかいてフケをまき散らしてみる。かき終わった指の匂いを嗅ぐ。頭皮の匂いがしっかりと染みついていて最高だ。

耳垢を取って匂いを嗅いでみる。独特の癖があるが、やめられない。

居心地がいい。

仕事もはかどる。

七月二十六日

ここは私の縄張りだ。

時々新聞の勧誘なんかが来るが、部屋の匂いを感じ取ると、退散していく。ざまあみろ。私の縄張りに、他の人間は入るな。

落ち着く。私だけの空間。

安全で安心な、世界に唯一の場所。幸せ。

七月二十七日

ここは私の巣だ。

七月二十八日

みんなの巣は、どんな巣？

Cの夢日記

十二月三日

僕は、よく夢を見る。内容はまちまちだけど、時々面白い夢も見る。今日からこの日記に、夢の内容を書きのこしていこうと思う。後で読んだ時に面白いだろうから。

今日の夢は、自分の部屋からどうやっても出られないという夢だった。部屋のドアを開けて外に出ると、自分の部屋に出てしまうのだ。もう一度ドアを開けても同じ。ドアの開け方が何か間違っているのかと、真剣に悩み始めたところで目が覚めた。

十二月四日

今日も何か面白い夢を見たような気がするのだが、書きうつす前に忘れてしまった。起きてすぐ書かないと、忘れてしまうことがわかった。

枕元にペンと日記帳を置いておいて、起きたらすぐに書くことにしよう。そのために、朝はちょっと余裕を持って起きた方がいいな。目覚まし時計のセットを、十分だけ早めた。

十二月五日

まだ冷や汗が出てる。

ひどい悪夢だった。あたりを見回して、現実に戻ってきたことを確かめる。

僕は弟と道に迷い、たどりついた洋館に足を踏み入れた。どこかのゲームで見たことのあるような館だったが、僕の昔の写真があちこちに飾られていたりして、気味が悪い。何か嫌な予感がしたが、弟はどんどん先に進んで行ってしまう。僕は「待って」と何度も言ったが、ついに弟とはぐれてしまった。

薄暗い室内では、あたりの様子がよくわからない。まわりをじっとりと包囲している闇が、まるで質量を持っているかのようだ。それはじわじわと僕を追い詰め、闇に踏み込んだ瞬間、僕を捉えて食い荒らすように思える。

僕はついに足を止めてしまった。動くのが怖い。その時、足元に何かが転がってきた。

弟の生首だった。赤白帽をかぶっていて、僕を見てニコッと笑った。

……書き表してみると、そこまで怖くない気もしてきた。何だよ、赤白帽って。夢ってほんと、わけわかんないなあ。

十二月六日

凄く疲れる夢だった。

僕はモンゴルの遊牧民が使うような、テント状の家に住んでいた。そこをたくさんのインディアンが襲撃してくる。馬に乗ったインディアンたちは奇声を発し、弓矢を撃ちまくる。テントの布は破られ、僕の横にいた弟が苦しそうに倒れた。

僕はテントから逃げ出す。あたりは砂埃で覆われ、馬が駆け抜ける音と絶叫とが同時に耳に飛び込んでくる。見つかったらおしまいだ。僕は茂みをうまくつたいながら、森を目指す。茂みの中にも流れ矢が飛び込んできて、僕の二の腕に突き刺さった。叫び声を上げそうになったが、歯を食いしばって耐える。凄く痛い。見ると、刺さった場所からじんわりと赤く血が染みだしてきていた。肌の奥が紫色に染まっている。内出血しているのか。抜こうと矢を摑むと、激痛が走った。

いってえ。映画なんかだと矢を抜いて、そこに包帯を巻いたりしているが、あれは絶対無理だ。こんなに痛いなんて。触るのも嫌だよ。
それでも僕は必死で逃げ続け、森に入る。これで安心かと思った時、後ろからインディアンたちが迫る音が聞こえた。やばい。振り返らず、僕は走り出す。森の急斜面を、転がるように。体中が泥だらけになり、顔や足が枝で切れるのがわかる。でも、今逃げなければ。殺される。
殺される……。

夢の中でも痛覚ってあるんだなあ。にしても、実際に矢が刺さったことなんてないのに、あのリアルな感覚は何なんだろう？

十二月七日

僕は家族と買い物でデパートに来ていた。テレビを見て、色々な種類があることに驚いていた時、突然妙な臭いがした。異臭。エボナイトが焦げた時に似た、えぐいような香りだった。そしてもくもくと真っ黒な煙が天井をはい回り始めた。火事らしい。人が我先に階段やエレベータに殺到している。僕たちも隅の方にある非常階段に急ぐ。両親が非常階段の扉を開けた。その瞬間、向こう側から炎が吹き出した。母親は火だるまになり、何か高い声で叫んだかと思うと、踊るように回転しながら倒れた。背中に火がついた父親は猛獣のような唸り声をあげ、棚に突進する。棚は崩れ、父親とともに燃え始めた。

僕の横で、弟がゲラゲラと笑っている。やめろと僕は何度も言うのだが、笑い続けている。いい加減にしろと殴りつけたら、首がポキッと折れて倒れてしまった。触ってみると、死んでいた。口から血がだらだらと出ていた。

気づくと、僕の周りを火が囲んでいる。凄まじい熱気だ。近づけば蒸発してしまいそうで、越えることができない。熱せられた空気が喉を焼くようで、呼吸が苦しい。火の上には陽炎のように歪んだ景色が見え、僕は眩暈とともに倒れ込んだ。床の冷たさが、何だかとても気持ち良かった。


ショッキングな夢だったなあ。家族が登場人物として現れると、何だかろくなことがない。それにしても、夢を見ている最中は、これが夢だなんて想像もしていなかった。良く考えてみれば、矛盾があったり、妙な所があったりするのに。不思議とそれに気付けないんだよなあ。

十二月八日

今日は夢を見なかった。

昨日歩き回って、疲れていたからかもしれない。きっと熟睡してしまったのだろう。

十二月九日

身も毛もよだつような夢だった。

僕はクモが大嫌いなんだ。あの足がごそごそしている感じ、何度見ても気持ちが悪い。

最初は枕元だった。僕は寝ていて、ふと横を見ると、そこにクモがいた。思わず布団をはねのける。ざわざわと、妙な音がした。見れば、布団の上に載っていた何百匹ものクモが慌てて動き出すところだった。声にならない悲鳴を上げて、僕は飛び退く。机の上にも、椅子の上にも、僕のお気に入りの漫画の上にも……びっしりと、クモが並んでいる。足が長く、でっぷりと太った、大きなクモだ。

動けばクモを踏みつぶしそうで、体が固まる。靴下を、クモが昇ってくる。逃げなければ。

ドアの方を仰ぎ見る。

棚のあちこちでクモが蠢いているのが見えた。電気のコードを這いまわっている奴もいる。テレビの画面上にも、マグカップの中にも、好きな子の写真の上にも、クモ、クモ、クモ……。

僕は走り出す。何か毛羽立った豆をつぶすような、嫌な感触が足裏から伝わってくる。勘弁してくれ。もう嫌だ。玄関まで必死でたどりつき、靴を履く。一瞬、靴の中が動いているのかと思った。見れば、びっしりとクモがつまっている。

倒れ込んだ僕の顔面に、クモがぽとんと落ちてきた。そいつは丈夫な足で肌の上を這い、僕の顔面を横断し始める。つぶさなきゃ。

僕は近くのバットを取り、思いっきり自分の額を殴りつけた。

目の前に光が走り、鉄くさい血の味が鼻の奥から噴き出してきた。


……ちょっとこの夢はしんどすぎる。

なんでこんな夢見るんだろう。自分の頭が理解できない。

クモが嫌いだから、逆に夢に見るほど意識してしまうのだろうか？　それとも、本当は僕はクモが好きなのだろうか？

十二月十日

目の前に粉々になった花瓶がある。どうも、僕が割ったらしい。しかも、先祖代々受け継がれてきた、非常に貴重な花瓶だったようだ。

それに気づいた父さんの顔が、みるみる青ざめていく。謝らなくては。謝罪の言葉を探していると、今度は父さんがぶるぶる震え始めた。驚いて見ていると、その顔は笑顔と泣き顔の中間のような形に崩れ、僕を見据えて小声で言った。

「お前という奴は、本当にどうしようもない奴だな、殺してやる」

父さんは僕の首めがけて両手を突きだす。僕は飛びのき、勢い余って転び、慌てて起き上がった。父さんはまだ小声で何か繰り返しているが、その目は殺意を宿してぎらぎらと光っている。

父さんは棚から何かを取り出して、構えた。ショットガンだ。轟音が鳴り響き、僕の右手の手首から先が吹き飛んだ。焼けるような痛み。歯を食いしばって耐えながら、僕は必死でドアに向かって走る。

父さんは何か吠えるように叫びながら、何度もショットガンを発射している。ふすまやカーテンに無数の穴が空き、あちこちでガラスや食器が割れた。

僕は居間を出て、台所に駆け込んだ。そこでは母さんが夕飯の準備をしていた。何か煮物のようなものがぐつぐつと鍋の中で音を立てている。いい匂い。

僕は母さんにすがりつく。助けて。お願い、助けて。父さんがおかしくなったんだ。花瓶を割ったから、僕を殺すって言って聞かないんだ……。

母さんはにっこり笑うと、僕に包丁を突き刺した。

「どうしようもない奴だな。殺してやる」

耳元でささやかれる。

僕はお腹を押さえ、あまりの痛みに前かがみになり、そして倒れ込む。ぬるぬると温かい液体が流れ出す。失禁した時のような感覚に、変な笑みが漏れそうになる。左手を見ると、ペンキの缶に突っ込んだかのように真っ赤に染まっていた。これは全部僕の血か。右手を見る。右手は手首から先がない。

その時、はっと気づいた。

廊下の先、母親の死角になった場所から弟が僕を覗き込んでいた。

何かニヤニヤと笑っている。その薄汚い歯。まさか。

花瓶を割ったのは、お前なのか……？

「そうだよ」

小さな声がした。

猛烈に吐き気がして、僕は口を開いて嘔吐する。出てきたのは血液と胃液がまじったような何かだった。生臭い匂いが鼻を抜け、胃酸が喉を焼く。気が遠くなり、僕は目を閉じる。

そこで目が覚めた。


朝食で家族の顔を見て、気まずかった。

十二月十一日

一面の黄色い花園で、僕は寝転んでいた。

ひまわりに似ているが、かなり小さく、いい香りがする。何という花だろう。太陽は優しくあたりを照らし、心地よい風が吹き抜けていく。

隣に女の子が寝ていた。

その体温が、僕に伝わってくる。柔らかな肉の感触も。なぜだかとても可愛い子なのだと思った。女の子は僕の手を探り、手のひらにたどりつくとぎゅっと握りしめた。手と手がつながり、そのすべすべした肌に僕はドキドキする。

「好きだよ」

どちらからともなく言った。

地面は温かく、直接寝ているのにちっとも嫌じゃない。むしろいつまでもここに寝ていたい。

女の子が僕の方を向く気配がした。僕も女の子の側を見る。

女の子の顔には、眼球がなかった。そこにはぽっかりと暗い穴が開いているばかりで、奥から風が吹き出している。目はどこだろう。

自分の手を見ると、眼球があった。僕の右手に一つ、左手に一つ。湿った眼球を、いつの間にか握りしめていた。僕は何となく、手に力を込める。ぶちんと音がして、眼球は潰れてしまった。理由はわからないが、これで大丈夫だと思った。

女の子が顔を近づけてくる。その柔らかな唇が僕に触れ、僕たちはキスをした。とても優しいキスだった。

凄く幸せな夢だった。こうして読み返してみると、不気味なんだけど。その時は幸せだったんだよなあ。もう一度見たい。

十二月十二日

夢日記を読み返してみた。

何だか、妙な共通点がある気がする。例えば家族がしょっちゅう出てくるとか、だいたい僕は何かに追いかけられたり、逃げるはめになるとか。

それから人体が欠損するようなシーンも多い。

なんでだろう？

僕はホラー映画とか好きなほうじゃないし、グロ画像なんかも見ない。むしろ、嫌いだ。進んで見たいとは思わない。

なのに、どうして夢に出てくるんだ？

十二月十三日

何か反動みたいなものなのかもしれないな。

僕の家族は仲良しで、幸せだ。だから逆に、父親に殺されるとか、そういう状況を想像してしまうのだろう。あり得ないからこそ、そんな妄想をする。それが夢になる。

これも何かの意味で、僕に必要なことなのかもしれない。

……まさか本当に、そんなことをしたいわけじゃないよな。

僕の中に、危険な欲望が眠っているとしたら、怖いんだが。

十二月十四日

僕は夜中に起き出して、物置から鎌を取り出した。鈍く光る刃が、月光に映える。なぜかそれが嬉しくて仕方なかった。鎌を右手に持つ。

僕はさらに、物置からバーナーを取り出した。さほど大きなものではないが、それなりの火力がある。ガスボンベを取り付けて、試しにスイッチを押す。ごうごうと火が噴き出した。夜の闇に赤い光が走る。よし。バーナーを左手に持つ。

わくわくした。

さあ、殺そう。なぜかそう思った。

両親の寝室に行き、首をかき切る。鎌を叩きつけるようにすると、首筋から猛烈な勢いで血が出た。二人とも、切る。寝室の絨毯はみるみるうちに真っ黒に染まっていった。両親は目を開けていて、なぜかそれが不愉快だった。バーナーで焼く。ひどく嫌な臭いがした。真っ黒なマネキンのようなものができあがった。

弟の部屋に行き、同じように首に鎌を叩きつける。何度も叩いているうちに、首と胴体が離れてしまった。僕はその首を持ち、うんうんと頷く。

僕は眼球をくりぬいてみた。それを両手に一つずつ持ち、握りつぶす。意外と弾力があり、難しかった。それから目のない頭部にキスをした。

まだ唇は温かかった。

僕は首を部屋に持ち帰ると、机の上に飾った。

「おやすみ」

と僕は言い、鎌とバーナーをそのへんに放り出すと、幸せな気持ちで眠りについた。


そこで目が覚めた。外で小鳥が平和に鳴いている。

体中汗だくだった。何て夢だ。

僕は顔を両手で覆う。ひどすぎる。

僕はやっぱり、ちょっと人とは違うんじゃないか。何か危険な衝動が、自分の中に眠ってるんじゃないか。

最悪の気分だ。

今日は休日だし、この日記を書き終えたあと二度寝することにする。

十二月十五日

寝過ぎた。
僕がカーテンを開けると、日光が差し込んでくる。
机の上に何かあった。僕は目を細めてそれを見る。
黒い穴のふたつ空いた首が、僕を見つめていた。

Pの日記

十一月三日

私は本当に生きているんだろうか。実感がない。私は本当に自分の頭で考えて、行動しているんだろうか。実感がない。

こんなこと考えているって知られたら、みんなにバカにされるに決まってる。

でも、考えてしまう。

だって、実感がないんだもん。

十一月四日

ここはゲームの世界で、私はその登場人物だとか……もっと大きな存在があって、私はただそれに操られているだけの存在だとか……そういう本や、映画はいっぱいある。それは知ってる。

まさに、あの感じなんだ。

それを人に言うと、本や映画の影響受けすぎって笑われてしまうんだ。

だけど私は本気でそう感じてしまう。

そういう題材の創作物が世にいっぱいあるのは、みんなだってそんな気がしているからじゃないのかな？

十一月五日

私は生きてるんだろうか？

十一月六日

例えば、電車に乗ったとする。そこそこ空いていて、席に座れそうだ。私は好きな席を選んで座る……。

本当にそうなんだろうか？

電車での座り方って、非常に規則的だ。

他に席が空いているのに、既に座っている人の隣に座ることはまずない。均等に空間ができるように、反対側の端に座るだろう。

二人の人間が右側の座席に座っていて、左側に誰も座っていなかったら、左側に座る。

遠くの席まで歩くのが嫌だとしても、最低でも一つおきに座っていく。一つおきに座れる場所がなくなってから、ようやくすぐ隣に座るものだ。

バランス感覚。

他人との間に空間を確保し、かつその空間をできるだけ均等にする。極端に他の人と接近するのは、お互いに何か居心地の悪さを感じるだけ。

これは一見私の好みのようだけど、そんなことはない。おそらく人間の動物としての本能……縄張り意識だとか、群れを形成する本能とか、そういったものが、好みという体裁をとって私を制御し、知らないうちにルールを強制されているんじゃないか？

私が選んだ席は、私の自由意思によるものではない。

本能的に選ばされた席であって……。

本当はコンピュータみたいに、何か大きなプログラムに操作されているだけなんじゃないのか？

十一月七日

やっぱりそうだ。

運動すると、ご飯がおいしい。特にご飯や、お肉は格別だ。おかわりしてしまう。

これだって、単純に消費したカロリーと損耗した筋肉を補うために、炭水化物とタンパク質を体が欲しているだけの話だ。それが私に、ご飯やお肉を美味しく感じさせる。そして、私はそれを積極的に摂取する。

私の感情なんて、関係ない。

ただ機械的に、必要なものを得ている、それだけだ。

そこに存在するのは単なる合理性。そう、数学の計算式みたいにシンプルな論理があるだけで、私の思考なんて関係ないんだ……。

私は、この考えている私は、本当に存在する意味があるんだろうか？

十一月八日

たまに、逆らってみようとすることもある……。

電車でわざと一つおきでなく座ってみたり、お腹が減ってるのにご飯を食べないでいてみたり。

そうやって、自分の意思がはっきり存在することを、確かめようとするんだ。

でも、違う。

これは、ただ逆らっているだけ。

私を操ろうとしているものの、逆を選んでいるにすぎなくて……私が本当に自由に考えて実行した行動じゃない。逆を選んでいるということは、結局影響を受けているってことだもん。

本当に私を操っているものがいるとするなら、私が逆らおうとすることくらい、想定していると思うんだ。そして問題がない範囲で、逆らわせるんじゃないか？

だから単純に逆の選択をしたところで、結局相手の掌上なわけで……それは、本当に逆らっていることにはならないわけで……むしろ、広い意味では相手に操られているのとイコールになる……。

でも、どうしたらいいのかわからない。

十一月九日

親に話してみた。

お前くらいの年齢のやつは、そんな妄想をするもんだよ。そんなこと考えたって仕方ないじゃないか。

そう言って笑われた。

バカにしているというよりは、自分にもそういう時期があった、みたいな笑い方だったけれど……。

だからと言って、何も解決にはならないよ。

十一月十日

また電車に乗る。席が一つ空いていたけれど、私は立つことを選ぶ。

これは自由意思か？

違うよな。

何というか、今日は座りたいほど疲れていないし、学生の私が真っ先に座りに行くと言うのは、社会的にあまり良いことではなさそうな気がする。それで得るストレスと、今の疲れ具合を脳が瞬間的に天秤にかけて、「立っていよう」と判断したんじゃなかろうか。

私なんかが想像もつかない、精緻な判断プロセスが頭の中に存在して……私を行動させている。脳が、その性能と、今までに得たデータから私を正しくコントロールして、操縦している。

なら私は何をしたらいいんだ？

脳が私を完璧にコントロールしているなら、私がやることはないじゃないか。

十一月十一日

自由に行動してみよう。

十一月十二日

うーん。自由に行動しようと思って改めて気づいたけれど、私は凄く色々なルールに縛られている気がする。自由に行動する余地なんて、一切ないよ。

例えば友達が存在する。友達とは仲良くしたい。その時点で、私は「こういう風にいるべき」みたいなものがいくつか決まってしまう。

親も存在する。親には感謝してるし、親に心配かけない人間になりたいし、親には恩返ししたい。すると、その時点でやっぱり色々な縛りが発生する。

きっと社会人になれば、職場ならではのルールが生まれるし、結婚すればまた守るべき決まりが増える。

私の周りの環境が、制限をかけていく。

それに逆らってもいいけど、それはストレスだ。

例えば親を殺しちゃえとか思っても、考えるだけでしんどい。これもまた縛り。

人生には無限の道が広がっているように思えるけれど、ほとんどの道は強烈な坂道で、上る必要を感じない。

だから分岐点でなだらかな下り坂を選ぶ、なだらかな下り坂を選ぶ……。

するとある特定のコースだけを通ることになる。

つまり実際に道を通る前から、ゴール地点が決まっていることになってしまう。

何なのこれ？

十一月十三日

これが事実なのだとしたら、決まった道を通ることが人生なわけ？

そりゃもちろん偶然の出来事だってあるんだろうけれど……水が上から下に流れるように、ゴール地点に大きな違いは生まれない。

例えば私に子供ができたとして、その子も結局同じような道を通っていく。

私の親も同じような道を通ってきた。
ってことは、みんな同じような道を、だらだらと……。
は？

十一月十四日

みんな同じようなことを考えているんだろうなあ。
だから娯楽とか、趣味とか、人生を楽しむ方法が世の中ではいっぱい考えられている。
それは逆に言えば、人生は基本的にはつまらないってことでしょ。
ゴールが決まっているなら、道中を楽しむしかないってのが本質だってことでしょ。
そうじゃなきゃ、こんなに娯楽は生まれないんじゃないかな。
人生は決まった道を、ミスの少ないように進むだけ。
そう割り切るってこと？
それが大人になるってこと？

十一月十五日

別に割り切ってもいいけど……。

割り切るか……。

十一月十六日

ひょっとしたら私の思考なんて、脳という人間の操縦席の、副産物にすぎないのかもね。

例えばゲームで攻撃しようとして、ボタンを押すと、画面ではキャラクターが剣を振るじゃない。

プレイヤーが判断すると「画面に結果」が生まれる。

脳が判断すると「感情」が生まれる。

それが私。

でも私が主役じゃない。動かしているのは他の存在で、私の感情なんてのは、ゲームが正常に動いてる……それを示すサイン程度の役割なんじゃないかな。

ないと困るけれども……。

ただの、そういう役割ってだけ。
だからこうやってぐだぐだ考えること自体、あんまり意味がない。
割り切るか。

十一月十七日

なんかそう割り切ったら、世の中のあらゆる創作物が、くだらなく思えてきてしまったよ。死ぬとか生きるとかも、割とどうでもいい。
冷めた目で見てしまうね。

十一月十八日

こういう状態を乗り切って、うまく折り合いをつける方法を見つけた人たちが、大人なんだろうなあ。

十一月十九日

なんかひょいっと、自殺してしまいそうな気分だよ。
本当、無感動にさらっと電車に飛び込みかねない。

別に何の悩みもないんだけどね。辛いわけでもない。
ただ、現実が無価値に感じるってだけ。
色々考えてみた割には、日記を書き始めた当初と同じ気分のままだ。
んー。

十一月二十日

あーあ。明日私、生きてるんだろうか？

十一月二十一日

今日はとりあえず生きてたなー。
だから何って感じだけど。
ふらっと散歩でも行って、高いビルでも見つけたら飛び降りそうな気がするなー。
とはいえ、五割くらいの確率かな。
どっちでもいいんだよね。ぶっちゃけ。

十一月二十二日

まだ生きてるなー。

明日はどうかな。

十一月二十三日

(以後空白)

Uの送信メールボックス

（1／80）

え？
ごめんそれって、告白ってこと……？
確認させて。

（2／80）

いやいやごめん！　全然そんなことないよ。
え、でも……俺なんかでいいの？　ごめん、告白なんてされたことないから、戸惑っちゃって。Kちゃんほんと可愛いから、俺のこと意識してくれてるなんて思わなくて。その、信じられないというか、いや、疑ってるわけじゃないんだけど。何言ってんだろ俺。

（3／80）

そうなんだ。ありがとう。凄く嬉しいよ。

俺なんかで良かったら、これからお付き合い、よろしくお願いします。

（4／80）

そうだねー（笑）

こういうの、ちょっと慣れないよね。昨日まで普通に友達としてしか見てなかったもん。いや、恋愛対象外だったとかじゃないよ？

高嶺の花っていうか、付き合えるって思ってなかったんだ。俺、今まで告白しても玉砕してばっかりでさ。俺、男性的な魅力がないんじゃないかって思ってたくらいで……。

Kちゃんは、もてそうだから……。

（5／80）

そうなんだ。そりゃちょっと意外だなあ。あ、ごめんね。過去の恋愛の話なんかしたって面白くないよね。俺たちの未来の話していこう！
しかし、なんか照れるなあ。
明日、学校で会ったらどんな顔していいかわかんない（笑）

（6／80）

そうだねー。いつも通りでいこう！
うん。じゃ、また明日ね。
おやすみー。

（7／80）

良かったらお昼一緒しない？

（8／80）

ごめんごめん。気にしないで。
大丈夫、返事来なかったから、たぶん忙しいんだろうと思って他の奴らと飯食ったから。ありがとね。

図書館で勉強してたってすごいなあ。

いつもお昼は勉強してるの？

（9／80）

そうなんだ。俺はまだ、受験のことはほとんど考えてないよ。

Kちゃんって意識高いんだね。将来、なりたい職業とかあるの？

（－0／80）

へーすごいな……外交官か。俺、小学校の頃「将来の夢」で書いたことあるよ。でも、最近ではその職業の存在すら忘れてた。

でもそれじゃ、英語も相当勉強しないといけないね。

詳しく知らないけど、資格とかもいるんでしょ？

（－－／80）

なるほどね。留学も考えてるのかあ。

かなり真剣に、夢までの道のりをきちんと整理してるんだね。

なんか俺も、真面目にやらなきゃなって思ったわ。俺正直、今の成績で入れる大学に適当に入って、それなりの会社に入社できればいいやって思ってたよ。

頑張ってるKちゃん、尊敬してしまうな。

ってていうかこんなのんびりしてる俺が彼氏で、いいの？

（－2／80）

いやいや、俺は全然いいって！　本当に。そんな、気にしないでよ。

俺、結婚したら女は家庭に入るべきとか、あまり考えてないし。外交官の奥さんってかっこいいじゃない。むしろ自慢の彼女って感じだよ。

そんな、夢を目指すのが俺の迷惑になるとかは絶対ないから。

むしろ俺は応援したいよ。

Kちゃんを支えて、その夢を助けられる男になりたいと思ってる。

Kちゃんの夢は、俺の夢みたいなもんだよ。

ほんとだよ。

（ー3／80）

Kちゃんって塾とか行くの？

（ー4／80）

いや、俺も真剣に志望校考えようと思って。ちょっとレベル高いところを狙うつもりなんだ。Kちゃんの影響受けた部分もある（笑）

（ー5／80）

なるほどね。その塾に行ってる人、俺の友達にもいた気がするな。
あーでも入塾テストあるのか……。
俺の今の成績で入れるかなあ。
ちょっと調べて、受けてみるよ。
できれば一緒の塾行きたいしね。

（－６／８０）
だって、少しでも一緒にいたいじゃん（笑）
（－７／８０）
入塾テスト受けてきたよー！
難しかった。
（－８／８０）
ありがとう。そうだ、今度デートでもしない？
ほら、俺ら付き合ってから二人きりで遊ぶとか、あんまりしてないじゃん。
学校の帰りくらいでしょ。一緒にいるの。
土日なんかに、まったりとしたいんだ。
今度の週末とかどう？

（19／80）

そっか、模試なんだね。
いや、大丈夫だよ。気にしないで。

（20／80）

入塾テスト落ちちゃった……。ショック。まあ、勉強不足だったんだろうなあ。

（21／80）

ありがとう（笑）
まあ、これが自分の実力ってことだから、仕方ないよなあ。
Kちゃんはあの塾で特待クラスなんでしょ？
やっぱKちゃんは凄いね。
本当、絶対外交官になれるよ！
俺、応援してる。

（22／80）
あのさー。こんなこと聞くのもなんだけど。
Kちゃんは俺のどこが好きになったの？

（23／80）
マイペースなとこって（笑）
それっていい所なのかなあ？　まあ、そう言ってもらえるのは嬉しいんだけど。確かに俺、自由なタイプかもしれないね。
でもなー。俺からすると、夢があって一生懸命頑張ってるKちゃんが羨ましいよ。

（24／80）
いや、そういうんじゃなくて、輝いて見えるって意味ね。
別にその、重いとか、ねたむとか、そういうのと違うんだ。
Kちゃんには本当に、夢をかなえてもらいたいなって思ってる。

（25／80）
次の日曜、俺バイト休みなんだけど、会える？
久しぶりにカラオケでもいかない？

（26／80）
え？　でも模試はないって言ってたじゃん。

（27／80）
そうなんだ……勉強かあ。
でも、俺ら全然会えないね。

（28／80）
ごめん。なんか嫌味みたいになってた。
本当に、寂しかっただけ。電話ありがとう。
なんかちょっと会いたくてさ。確かに学校では会ってるけど。

でも、Kちゃんが真剣に勉強頑張ってるのはわかってるから。ファイト。

（29／80）

俺も塾行き始めたよ。
Kちゃんとは別の塾だけどね。俺、Y大目指そうと思ってるんだ。
Kちゃんの志望校と場所近いし、大学でも一緒にいたいもんな。
さすがにKちゃんの志望校を目指すのはきつい（笑）
今度勉強のコツ教えてよ。

（30／80）

規則正しい勉強と、反復練習かあ。勉強のコツって、意外とシンプルなことなんだね。いや、そうだよね。わかってはいるんだけど、なかなか持続できないんだよなあ。
つい、サボってしまう（笑）

（31／80）

ありがとう（笑）まあそういうとこがマイペースなんだよな、俺……。

でも頑張るぜ！　Y大に受かるんだ！
Kちゃんに負けてらんないからな。

（32／80）

今度統一模試じゃん？　帰り、飯でも食わない？

（33／80）

やったー！　じゃ、終わったら駅前で待ち合わせなー。

（34／80）

ついてるよー。もういる？

（35／80）

なんか、ごめん……。喧嘩する気はなかったんだよ。悪かった。

（３６／８０）

本当にごめん。いや、Ｋちゃんは悪くないと思う。

俺、もう少し一緒にいたかったんだよ。最近あんまり会えないしさ。だからほんの一時間でＫちゃんが帰るって言った時、辛かったんだよ。

勉強したいのはわかるんだけど、なんか気持ち的に。

わかってるのに、納得できないんだ……。

俺、彼氏失格だな。

（３７／８０）

うん。Ｋちゃんが浮気なんかするタイプじゃないってのは知ってる。それは疑ってないんだよ。でも俺、会ってないと駄目なんだよ……イライラしちゃうんだ。無意識のうちに、Ｋちゃんも同じ気持ちだって、思い込んでるのかな。

だから、すぐに帰るって言われた時、裏切られたようなそんな気になったんだ。俺がわがままなんだよな、たぶん。

（38／80）

うん。明日、仲直りしよう。

（39／80）

おやすみ。

（40／80）

ついてるよー。駅前であってるよね？

（41／80）

は？

（42／80）

そういうことじゃないだろ。

お前、ふざけんなよ。

（４３／８０）


俺が怒った理由、言わないとわかんねーの？

前回一時間で帰ったから、今回二時間にすればいいと思った、そういう感覚が理解できねーんだよ。そういうことじゃないだろ？

もっと気持ち的なとこに原因があんだよ。

どうしてわかんないんだよ？　俺、辛いよ。


（４４／８０）


あーもういいよ。こんなんじゃ俺ら、うまくいかないって。

別れようぜ。

マジうざいから。


（４５／８０）


ごめん……ちょっと、考え直した。

俺、Ｋちゃんの夢を応援するって言っておいて、全然辛抱できてなかったな。そう考えると、本当情けないわ。

でも、本当にただ、寂しかっただけなんだよ。そこはわかってほしいんだ。そうじゃないと俺、辛いんだよ。

でももう一度言わせて。ごめんなさい。


（46／80）

うん！　俺も気をつけるようにするよ。

頑張れ！

応援してるから！


（47／80）

一応聞くけど、来週の日曜も勉強？


（48／80）

やっぱそうか。

いや、大丈夫。頑張れ。

（49／80）

なんかさ、Kちゃんって本当に俺と付き合ってく気、あるわけ？　だってもし大学に合格したって、また勉強続くんでしょ？　で、留学もあるわけじゃん。いや、俺はKちゃんのこと信じてるけど。だけど今みたいな感じでずっと続くわけ？　その間俺に我慢し続けろって言うの？　つーか、今の状態でいいと思ってんじゃないの？　俺が我慢してれば、それで二人がうまくいくって勘違いしてないか？
自分勝手すぎね？

（50／80）

お前から告白してきたんだろ？　お前さ、恋人って自分の希望通りになんでもしてくれる人だと思ってんじゃねーの？
そりゃ相手の夢は応援したいさ。でもそれだけじゃないだろ？　そのぶん、愛で返すべきじゃない？　だってそうじゃなけりゃ、俺ただ利用されてるだけじゃん。俺にとって、付き合う意味ないだろ？
お前が好きなことすんのは勝手だけどさ、二人で付き合っていくからには義務ってもんがあんだろ。そこんとこ、わかってんの？

（51／80）

返事しろよ。

（52／80）

そうじゃないだろ。ごめんとか、そういう問題じゃない。具体的に今後どうするつもりなわけ？　どうしたらうまくいくと思ってるの？　俺は結構提案したよね？　会おうとか、デートとかさ。
そっちからは何もないじゃん。俺に甘えてんじゃないの？
二人で協力してくべきだろ？　俺ばっかり苦しんで、不公平だろよ。
どうするつもりなのか、具体案出せよ。十個出せ。

（53／80）

だいたい今までだって俺が妥協してばっかりで、お前は何も苦労してないじゃん。

（54／80）

応援はしてるよ？　でも、それが当たり前になってない？

応援してる俺がどんな気持ちでいるか、考える努力怠ってない？

てかさ、お前自分勝手すぎんだよ。


（55／80）

返事しろよ。


（56／80）

だいたい塾とか行きすぎ。浮気とかないって信じてるよ？　でも、こんだけ会えないと、寂しいわけ。寂しいと、色々不安になんだよ。そりゃ普段から普通に会ってりゃさ、塾に行こうが何しようが平気だと思うよ。

でも全然会えないのに、相手のこと信頼できる？　色々嫌な想像だってしちゃうんだよ。それ、俺が悪いの？

いや、俺も悪いとは思うよ。もっと我慢すりゃいいとは思う。でも、俺だけが悪いわけ？

お前もさ、そういうこと考えて、もっとやりようがあんじゃねーの？

（57／80）

なんで返事できないの？

だって一日中勉強してるわけじゃないだろ？

俺だって忙しい日はあるけど、それだってトイレとか風呂とか、寝る前にちょっととか、いくらでもメールくらいできんじゃん。

（58／80）

電話出ろよ。

（59／80）

今日中にメール返信しないと、マジどうなっても知らんから。

（60／80）

ごめん、Kちゃん、塾で一緒のNです。アドレス他の人に教えてもらったんだ。ちょっと質問したいことがあるんだけど、いい？

（61／80）

Nじゃなくて俺だから。サブアド使って、騙すような真似したのはごめん。それは謝る。

でもさ、返事できんじゃん。他の人にはすぐに返事するんじゃん。なんで俺のメールに返事しないわけ？　意図的に無視してんの？　どんだけ俺が二人の今後のために考えて、メールしてると思ってんの？　俺のことバカにしてんのか？

だいたいこのNのこと、どう思ってんの？　お前の友達から聞いたけど、ずいぶん仲いいらしいじゃん。結局、Nと浮気してるって話なんじゃないの？　どうなんだよ。

（62／80）

はあ？　信じろって、なんだよそれ。そんなの誰だって言えるだろ。信じらんねーから、言ってんだよ。

だいたいこんなメールだけで、信じられるわけねーだろ。もっと会ったり、スキンシップして、信頼関係って作られていくもんだろ？　そういうのちゃんとしてないのはお前の方だろ。俺はそうするつもり、ちゃんとあるんだからよ。

お前のせいだ。


（63／80）


は？　お前がそれを言うわけ？

俺が別れるって言うなら理屈にはあうよ？　でも、お前が言うの？

お前から告白してきたんだろ？

そんで、今俺たちがこじれてるって時に、真剣に二人のことを考えてるのはどっちだ？　俺だろ？

お前は何も考えてないじゃんか。勉強勉強って、自分のことばっかりでさ。

それでお前が別れたいの？

失礼すぎない？

（64／80）


ふざけんじゃねーよ。

じゃあ、今までの時間、無駄になったわけだ。俺の努力も、お前は全部なかったことにするわけだ。人間としてどうかと思うね。クズ。

わかったわかった、俺もそんなクズと付き合ってたくなんかないから。

でも、きっちり弁償してもらうよ。そのへん肝に銘じておいて。


（65／80）


だから弁償だよ。

今までに俺が、お前のせいで無駄に使わされた分のお詫びをよこせ、って言ってんの。

デートに使った時間、色々計画した時間、かなりあったからね。その間バイトしてれば結構金たまったわけだから。それに、このメール代も払ってもらいたいね。あと、プレゼント代とか。喫茶店もいつも俺が払ってたじゃん。そのぶん、全部計算して請求するから。絶対払えよ。お前のせいだからな。

（66／80）

何メール拒否してんの？　アドレス変えるはめになったんだけど？　この分も請求するよ？　新しいアドレスも拒否するかもしれないけど、無駄だから。また別のアドレス取れるし、お前の友達のアドレスとか借りることだってできんだからな。

俺、結構人望あるからね？　お前と俺がこういう風になったら、結構な数が俺の味方すると思う。場合によっちゃ、強制的にお前に金払わせることだってできる。ま、そういう手荒な真似は俺もあまりしたくないけど。

とにかく無駄な抵抗はやめてほしい。

今すぐ払えないなら、お前の親に立て替えてもらうか？

（67／80）

お前さ、親に都合のいいように言っただろ？　お前の親に金を立て替えろって電話したら、切られたんだけど。ふざけんなよ？　客観的に見れば俺が百パーセント正しいんだからな。どうせ自分勝手な理屈だけを親に言ったんだろ。

親は子供の言うことなら信じるからな。

いいか、これは最後の警告だから。無駄な抵抗はやめとけ。
何なら、出るとこ出てもいいんだぞ?

(68/80)

お前とのこのやり取りのせいで、しばらく俺は勉強できなかった。これで大学落ちたら、お前のせいだから。その分も賠償してもらうからな。
マジでどこまででも追い詰めるから。
卒業したら逃げられるとか、勘違いすんなよ。
俺を甘く見るなよ。

(69/80)

おい! 返事しろよ!

(70/80)

Kさん、塾事務員のものです。連絡事項があるので、至急返信ください。

（71／80）

おい！

（72／80）

バカにしてんのかお前？

（73／80）

Kさんへ。ご両親が大けがしたらしいです。至急の連絡待ってます。

（74／80）

Kさんへ。塾の後輩です。ちょっと相談したいことがあるんですが、少し時間もらえませんか。

（75／80）

匿名希望。あんた、塾で嫌われてるよ。

（76／80）
殺すぞマジで。連絡よこせ。
（77／80）
俺は本気だからな。
（78／80）
最終警告。謝るなら今の内だから。早めに誠意見せろ。そうすれば、俺も鬼じゃない。
（79／80）
俺が実行できないと高をくくってんだろ。見てろよ。
（80／80）
うっは、マジかよ！　こりゃびっくり！　ちょっとテンションすげー上がっちゃったよ！　バカじゃねーの！　おい！　聞いてる？　おい！　間違えたわ！　お前と思って刺したら、別の奴だったよ！　死んだし！

後姿似すぎ！　同じ塾から出てきたしよ！　暗かったからな！　お前のせいだ！

心臓動いてない！　血すげー！　おい！　これお前のせいだからな！　お前が俺を実行に移させたのが悪い！　お前がちゃんと謝ってれば、この子は死ななかったんだぞ？　わかってんの？

可哀想だろ！　まだ若いのに！　この子の友達とか、ご両親の気持ち考えてみろよ？　ひどすぎるぞ？　お前という悪魔のとばっちりで！　この子は死んだ！　あんまりだ！　お前がやったも同然だ！　お前が悪いんだ！　俺のせいじゃない！　俺じゃない！　俺じゃない！

この人殺し！　人殺し！

この罪、お前がかぶるべきだからな！　人殺し！　人殺し！　悪魔！　この悪魔！

人殺し！

人殺し！　人殺し！　地獄に落ちるぞ、お前！

返事しろ！

返事しろ！

返事しろ！

私の日記

一日目

私は毎日日記をつけることにしている。

日記は意外に面白い。

つけること自体が、その日考えたことの整理になる。それに、書きためたものを読み返すのも楽しい。

どうしてあのころはこんなことを考えていたのだろう、このころはあれで頭がいっぱいだったな……など、色々と思い起こすことができる。

どうせ読むのは自分くらいなのだから、何でも自由に書けるのもいいところだ。人には決して言えないこと、恥ずかしいこと、自分しか理解できないこと……それらを書き、読み返すのもまた楽しい。

たまに、自分でもびっくりするような一面が日記に現れることだってある。

人の日記を読むのも好きだ。なかなか読めないけれど。

普段誰かと交流していたとしても、相手を完全に理解しているわけではない。そんな時、その人の日記を読むと、驚くほど生々しい本性を知ることができる。

一見普通の人なのに、こんなことを考えているのか、こんな内面があるのか……など、興味はつきない。

だから今日も私は日記をつけるし、誰かの日記を読む。

二日目

他人の日記を読む機会は、なかなかない。たまに無防備に置かれているものがあったり、ネット上に放置されていたりするけれど。そういうのは大抵、誰かに見られてもいいように書かれている。表現が大人しめだったり、猫かぶっていたり。

私が読みたいのは、誰にも言えないような、危険な話なんだけどな。

三日目

ふと思いついた。

自分のではない、他人の日記を作ってみたらどうだろう。もちろん想像上の人物でだ。普通に自分の日記を書くよりも、面白そうだ。

四日目

他人日記用に、別のノートを買ってきた。適当に書き始めてみる。どんな日記にしようかな。

そういえば昔、視界が狭くなる病気にかかったことがある。あれは本当に恐ろしかった。もしあの病気が治らないままだったら、どうなっていただろう。そんな想像で書いてみようか。

タイトルは適当に、「Sの日記」とでもしよう。

五日目

続きが書けなくなった……。思いっきりバッドエンド風になってしまったし。まあいいや。新しいお話を始めよう。昔、早く処女を捨てたくてしょうがなかったとき、男の子を傷つけたことがあったな。そんな日記にしようか。

やっぱりタイトルは適当。

六日目

うーん。また、ひどい結末になった。
もう少し明るい日記を書いてみたい。就職活動でうまくいかなかったとき、小さな嘘を面接でついたことがあったかも。あの時の気持ちを思い出しながら書いてみようかな。

七日目

私が書く日記の人物、みんな破綻するなあ……。

八日目

私、バッドエンドが好きなのかなあ。そんなことはないと思うんだけど。

九日目

解剖実習で感じたことも、蚊に刺された時に感じたことも、発展させていくとみんな頭のおかしな人のお話になってしまう。趣向を変えて手紙形式でもいくつか書いてみたけど、これも妙な話になっちゃった。

十日目

不細工、不細工っていじめられていた高校時代。その時に好きだったO君の話を、舞台だけ会社に変えて書いてみた。あのころの気持ちが蘇ってきて、なぜだか泣いてしまう。

やばい。

思い出してきた。

これ、この日記の中では最後にO君を監禁してしまっているけど、現実では逃げられたんだった。でも、ほとんどの経過が同じなんだよね。

すっかり忘れてた。というか、忘れるようにしていたのかもしれない。その時は別に、おかしなことをしているという自覚はなかったけれど、こうして日記にしたものを読み返してみると、完全にやばい人だな。

でも、本当に気が付かなかったんだ。

自分が変なことをしているって、気付かなかったんだ。

なんか自分が怖い。

十一日目

よく考えると、蚊を育てて自分に熱湯をかける話って、全然フィクションじゃない。子供のころかかった皮膚病で、凄く痒かったことがあったんだよね。でもその病気の部分に熱湯をかけると猛烈に気持ち良くて、それを自分で繰り返していた気がする。わざと病気を悪化させて。

あれは、どうしてやめたんだっけ……。

たしか親に怒られたんだよね。シャワーから熱湯が出ないようにされた気がする。その後、知り合いからいい医者を紹介してもらって、薬で治ったからやめたんじゃなかったか？　そう。いつの間にか、やらなくなったんだ。

あの時は無邪気に、熱湯の快楽を楽しんでいたように思う。

この日記の人物、ほとんどそのまんまじゃないか。

十二日目

どの話も、全て私の体験談なんじゃないか？

他人の日記を創作するなんて言って、遊び半分で書いていたけれど、その実は私のことを書いているに他ならないんじゃ……。

だって、そうだよ。

浮気して彼氏を傷つける話。これ、中学の頃の話と、大学の頃の話が混ざってる。

中学の頃、処女が捨てたいだけで男の子と付き合って、男の子を傷つけた。覚えてる。

それがO君だ。

高校の頃に、今度は本気でO君が好きになって付き合おうとしたんだ。でもその時O君には彼女がいた。その時の話が、えーと「Rの詩集」だ。勘違い女がO君に迫る話。

なにこれ。気持ち悪い。

その後、O君と私は大学で再会したんだよ。私は大学に入っていじめから解放されて、新しい男友達もできた。O君は逆に、大学に入ってから落ちこぼれてしまい、彼女とも別れてひとり寂しそうにしてた。

そして今度はO君が私にアプローチしてきたんだった。

でも私はO君を振った。もう興味なかったから。

そしたらO君は、女みたいに泣いて……何だか茫然としていて……。「俺の人生を振り回しておいて、自分だけ幸せになるのかよ。許さない」とか言ってて……。

その後、交通事故で死んだ。

私は、何だかＯ君のことが怖くて。私のせいで殺してしまったような気がして、なんだか私のすぐそばにまだいるような気がして。

風呂場とかで後ろに立っていて、振り向いたら消えているとか、そういうことがあったっけ。

気持ち悪い。

私、他人のことを書いているつもりで、自分のことを書いてる。

十三日目

そうだよ。だいたい、自分が経験していないことなんて、文章にはできないんだ。

そりゃ、簡単な文にはできるかもしれないけれど、こういう日記形式の文にするのは難しい。

少なくとも、私には……。

経験したことしか、書くことができない。私の想像力、そんなに豊かじゃない。

十四日目

悪い夢を見て、夢と現実の区別がつかなくて、ペットの亀を殺したことがある。眼球の構造に凄く興味を持って、子供の無邪気さで近くの昆虫の眼球を手当たり次第に集めたこともある。空気の読めないブログを書いて、叩いてくる人間を徹底的に追い出そうとしたこともある。自分の匂いを嗅ぐなんて、しょっちゅうだ。

恋人に粘着したり……ふと虚無感に襲われたり……。

絶対音感の練習をしてた頃は、確かに音階の世界に引きずり込まれるような感覚があった。万引にはまっていた時期もある。

どれも、いつの間にかやめてしまっていたけれど……。

この日記、私の日記だ。全部。

私がやっていることは、別の人間っぽく書いてみたり、ちょっと脚色しているだけ。

十五日目

気持ち悪い。

気持ち悪い。

私、頭おかしいんじゃないか。

自分の日記を読んでるのに、この日記の人物は狂気に満ちてるって感じる。私、狂ってるの？

そんなことないはずだけど。

普通に、生活してるもの。

気付いてないだけ？

気付かずにとんでもないことをしていた、昔の私のように、今も何か重大なことに気づいていないだけ？

本当は、私、壊れてるのかな？

十六日目

どうしよう。

周りのみんなが、私のことを狂人だと思っていたらどうしよう。

私一人が気付いていないだけで、自分が壊れていたらどうしよう。

だって自分が壊れてるかどうかって、自分自身では気付けないよ、きっと。

十七日目

今までだって、自分が壊れてるなんて思ったこと、なかった。

でも、この日記を読む限り……私の中には狂気が宿ってる。私の書く文章は、私に潜む狂気が現れてきているものだ。

つまり、私は壊れてる。

今も、きっと壊れてる。

ぎりぎり逮捕されたり、入院させられたりするのを免れているだけで……。

私は、壊れてるんだ……。

十八日目

嫌だ。

自分が壊れているなんて、認めたくない。

そうだよ。きっとみんなだって、壊れてるんじゃないの。

この日記読んで、気持ちわかるとか、先が読めるとか、思った人いないの？

そういう人は、きっと私と同じだよ。同類だよ。

だってそうだよ、気持ちがわかるってことは、先が読めるってことは、あなたの中にも同じような感情があるってことだからね。
あなただって壊れてるよ、気付いてないだけ。

十九日目

偉そうなこと言ってごめんなさい。
私が間違ってました。本当にごめんなさい。
警察に言わないでください。お願いです。
悪いことはしてないんです。本当に、してないはずです。
お願いです。

二十日目

だいたいこんな日記を最後まで読むなんて、やっぱり普通の人じゃないよ。
壊れるってことに、興味があるって証拠でしょ？
それって、やっぱり狂気に引き込まれてるんじゃないの？
その……普段は正常を演じているけど、実は壊れた世界に興味があって……たまにそういうものを覗かずにはいられないってことじゃないの？

　本当に正常な人って、壊れた世界になんて何の興味もないと思うよ。この日記帳を手に取りもしないと思うんだ。でも、そうじゃないってことは……。

　そうだよね？

　私と同じだよね？

　気付かずに壊れてるんだよね？

　一緒だよね？

　だから仲間だよね？

　私を警察に言わないよね？

　大丈夫。

　私も、黙ってるから。

二十一日目

　ごめんなさい。

　本当にごめんなさい。

　挑発的なことを言ってごめんなさい。

ごめんなさい。

許してください。

二十二日目

そもそも正常って何なんでしょうか？

自分は正常だと主張するのって、凄く狂気的じゃないですか？

みんな本当は壊れてるんじゃないでしょうか？

それに気付かないこと、もしくは気付いていないふりを上手にできることが、「正常」と呼ばれる状態じゃないんですか？

二十三日目

ごめんなさい。

怖いです。

自分が壊れてるって知られることが、怖くてたまりません。

私は正常なんです！

正常です！

私を正常だって認めてくれたら、あなたも正常だって、私が証言してあげますから。
そうやって、一緒に生きていきましょうよ！

二十四日目

ねえ……誰か、私と同じようなことを考えている人はいないの？
いるよね？　絶対いると思う……。
私、心細い。誰か仲間が欲しい。だからこの日記集、怖いけど、人に見せることも
決意したんだ……。誰もいない？
やっぱり、私、私だけ？
私だけだったら……私一人だけ、おかしいの？
そんなはず……。

二十五日目

なんてね！
今まで書いたこと、全部嘘！
この日記も、当然嘘！　最初から、全部、完全に創作！

日記が私の過去に起きた内容と同じだとか、嘘だから！　そう……面白くするための嘘だから！　本当に嘘だからね！　信じて！

嘘嘘！

嘘！

私は正常です。

何の問題もありませんよ。

私は正常です。

大丈夫！

本作は書き下ろしです。
本作品はフィクションです。実際の人物や団体、地域とは一切関係ありません。

「最後の医者」シリーズ①

二宮敦人
最後の医者は
桜を見上げて
君を想う
自分の余命を知った時、
あなたならどうしますか？
TO文庫
イラスト：syo5

「最後の医者」シリーズ②

二宮敦人
最後の医者は雨上がりの空に君を願う〈上〉
なぜ、人は絶望を前にしても諦めないのか？
TO文庫
イラスト：syo5

「最後の医者」シリーズ③

二宮敦人
The Last Doctors Think of You
Whenever They Look Up to Cherry Blossoms.
written by Atsuto Ninomiya
最後の医者は
雨上がりの空に
君を願う
〈下〉
全ての人は
誰かを救うために生まれてくる。
TO文庫
イラスト：syo5

「最後の医者」シリーズ漫画

「最後の医者」シリーズ漫画

最後の医者は海を望んで君と生きる
コミカライズ決定！

詳しくは

CORONA EX
コロナEX
TObooks

https://to-corona-ex.com/

二宮敦人×ＴＯブックス特設サイト
https://www.tobooks.jp/ninomiyaatsuto/

TO文庫

18禁日記

2013年 8月 1日　第 1刷発行
2024年11月20日　第10刷発行

著　者　二宮敦人

発行者　本田武市

発行所　TOブックス
〒150-0002 東京都渋谷区渋谷三丁目1番1号
ＰＭＯ渋谷Ⅱ　11階
電話 0120-933-772(営業フリーダイヤル)
FAX 050-3156-0508

フォーマットデザイン　金澤浩二
本文データ製作　TOブックスデザイン室
印刷・製本　中央精版印刷株式会社

Printed in Japan ISBN978-4-86472-166-0